La bambola di Natale

Barbara Morgan

ISBN 978-1-915077-34-9

Website: http://www.ghostlywhisper.com

Facebook: https://www.facebook.com/ghostlywhisperltd

Instagram: https://www.instagram.com/ghostlywhisperltd

X: https://x.com/GW_BooksEtc

Threads: https://www.threads.net/@ghostlywhisperltd

Whisper of the Heart

CAPITOLO 1

È già mattina. I primi raggi di sole filtrano fastidiosamente dalle persiane della mia finestra obbligandomi a coprire gli occhi con la mano. Non che abbia dormito molto questa notte. E nemmeno la notte precedente, se devo essere sincera. Devo comunque decidermi a compiere lo sforzo sovrumano di alzarmi dal mio accogliente e morbido letto per andare ad aprire la porta. Se è chi credo io, mi chiedo perché insista a suonare il campanello e non utilizzi le chiavi che ha ormai già da tempo.

La mattina tutti i problemi e le preoccupazioni si ripresentano, in modo ancora più pressante e oppressivo. Non posso fingere che non esistano, non posso tentare di affogare le preoccupazioni e l'ansia nelle pagine di un libro illudendomi di vivere un'altra vita, un'altra realtà. Lo farei volentieri se potessi, almeno per un giorno o due.

Mi trascino in qualche modo fino alla porta. Rischio di inciampare in tutto quando sono costretta ad alzarmi appena sveglia, senza il tempo per riprendere consapevolezza del mio corpo e dei miei movimenti. Sì, potrei davvero inciampare in tutto, compresi i miei stessi piedi e oggetti inesistenti.

«Leah...» Infatti, come sospettavo. Tanto che non mi sono premurata nemmeno di lavarmi la faccia e assumere un aspetto decente, prima di andare ad aprire. «Ma perché non usi le tue chiavi per entrare?»

«Non si sa mai! Potrei trovarti con un uomo a fare chissà cosa... e chissà dove... magari in soggiorno o addirittura in cucina! Come nei film. Non hai mai visto quante volte lo fanno in cucina?»

«No, Leah. Forse non le ho mai contate.»

«Fai male, mia cara. Dovresti prendere ispirazione!»

La guardo con espressione quasi disgustata scostandomi per lasciarla passare. Visualizzando la scena, mi passa la voglia di fare colazione. Leah Masters, vecchia amica di mia madre, che entrando di soppiatto in casa mia mi sorprende con un uomo nudo super sexy... magari proprio sul tavolo della cucina. Scuoto la testa per annullare totalmente l'immagine, ma non se ne vuole andare. Resta lì, incastrata nella mente, a dispetto della mia volontà di sbarazzarmene.

«Ma figurati! Chi potrebbe volermi, ormai...»

Sì, perché ormai mi sento cento anni. No, forse no. Ottantacinque tutti, però. Leah e le altre amiche del club sono sicuramente più giovanili e vivaci di me.

«Ah, certo. Ridotta come sei ora non potresti sedurre nemmeno quel vecchietto di Babbo Natale!»

Leah mi segue e appoggia caffè e brioche sul mio tavolo della cucina. Dall'uomo nudo super sexy la mia immaginazione viene trascinata a forza verso Babbo Natale. Magari un Babbo Natale nudo super sexy. Forse ho veramente bisogno di quel caffè!

«Grazie, comunque…» Indico la colazione che Leah si è premurata di portarmi. «Spero che servirà a svegliarmi.»

Leah annuisce e sospira. Poi aggrotta la fronte come solo lei sa fare, mettendo in mostra molte più rughe di quelle che ha. Per esperienza so bene cosa segue a questa sua espressione. Ramanzina, predica, rimbrotti. E io torno ad essere l'adolescente inquieta e scapestrata di circa vent'anni fa.

«Non puoi dimenticare di fare colazione, Sandy. So che se non ci penso io la salti sempre perché sei in ritardo. Ma la colazione è importante! Hai un aspetto incommentabile questa mattina.»

Leah Masters è anche l'unica persona rimasta al mondo a chiamarmi Sandy, come faceva mia madre. Per tutti gli altri sono Alexandra Riley, Alexandra e basta oppure semplicemente Alex. Per qualcuno ultimamente sono diventata "signora". E quando mi sento chiamare così qualcosa dentro di me urla e poi si incazza. Anzi, urla e si incazza contemporaneamente. Perché una parte di me è rimasta la piccola Sandy, un'altra parte di me la ragazzina viziata, la reginetta della scuola. La persona adulta e responsabile che in teoria dovrei essere diventata, la "signora", si defilerebbe volentieri invece, se solo potesse.

«Lo so, mi sento orribile infatti.» Mi siedo e inizio a sorseggiare il caffè dal bicchiere di cartone. «Mi sono addormentata un po' tardi ieri notte. Ho iniziato a leggere...» Che cosa stavo leggendo? Nemmeno ricordo. E non è da me. Sono rimasta seduta con un libro aperto sulle ginocchia in effetti, però... Per evitare che Leah indaghi ulteriormente addento la brioche alla mela con un gusto spropositato. «Che buona!»

«È per oggi l'appuntamento con quel tizio, vero?»

Leah si siede sulla sedia di fronte alla mia e mi punta addosso gli occhi chiari. Diretta come al solito.

«Mmh... già...»

Mi stringo nelle spalle e abbasso la testa, concentro la mia attenzione su uno dei pon pon del colletto del pigiama. Sì, l'appuntamento con il tizio della "Masterpiece Toys" è proprio per oggi. E "tizio" mi dirà espressamente che come donna d'affari sono un disastro, che sono ormai ridotta sul lastrico, che ho preso decisioni deleterie e antiquate, che non ho la più pallida idea di cosa sia una strategia di marketing moderna, che sono rimasta ancorata al secolo scorso e tante altre cattiverie simili che mi faranno sentire piccola, stupida e inopportuna. Insomma, niente da fare mia cara "signora". Poi mi consolerà rassicurandomi che lui e la super azienda per cui lavora sistemeranno tutto per me.

Infine mi punterà addosso la sua penna d'argento ricevuta il giorno della laurea in economia e mi dirà: "Firmi qui e io le risolverò tutti i guai, signora. Così potrà concedersi una bella vacanza su un'isola tropicale."

«Hai intenzione di vendere, Sandy?»

Leah incrocia le braccia e mi guarda. Sembra studiare, riconoscere e interpretare ogni mia minima reazione. Vorrei che me lo dicesse lei quello che devo fare, ora che mia madre non c'è più. Lei e il nostro club del libro e della casa delle bambole. Perché non possono decidere loro per me? Perché devo essere io l'adulta responsabile in questa circostanza?

«No… io non voglio, però non so che altro fare Leah, davvero…»

A quante situazioni mi sono opposta ma alla fine sono stata costretta a soccombere? La morte di mia madre, l'allontanamento di mio padre, la fine del mio matrimonio e tante altre di minore importanza ma che si sono accumulate nel frattempo. E oggi, per concludere la mia personale lista di fallimenti, perderò anche la piccola azienda di bambole che mi ha lasciato la mamma. Quasi sicuramente anche il negozio. Così, per incapacità, per inadeguatezza. Perché non so cosa fare per migliorare la situazione, per salvare il salvabile. Ma gli altri si aspettano comunque qualcosa da me.

«Certo che lo sai, invece!» Leah si alza di scatto, sembra animata da una nuova linfa vitale, una vivacità innata che spesso vorrei possedere anche io e invece ormai ho perso totalmente. «Una bella doccia, mettiti carina, vai e stendilo! Sono sicura che ce la farai.»

Stenderlo? E dove, sulla scrivania del mio minuscolo ufficio, dove lo riceverò fra meno di due ore? Quelli non vogliono un accordo commerciale con me. Quelli mi vogliono sbranare completamente, divorarmi come uno squalo che si ciba di un pesciolino incauto e spaurito.

«Va bene, vado a prepararmi.»

Cerco così di cambiare discorso, anzi di evitare di rispondere e dire quello che penso davvero. Mi alzo e mi avvio verso la doccia. Sento le membra stanche, come se mi dolesse ogni osso, ogni fibra del corpo. Non mi basterà una doccia e un po' di trucco per mettermi carina, come dice Leah. Mi ci vorrà un miracolo! E a Natale manca ancora qualche giorno. Anche se ormai non mi aspetto proprio più nulla, nemmeno a Natale.

CAPITOLO 2

Sì, insomma. Non sono proprio da buttare ma molto lontana dal livello di splendore che avrei richiesto a me stessa anni fa. Sembro una donna segnata dalla vita e dalle circostanze. E non mi piace, non mi piace affatto. Essere carina nonostante tutto mi indispone e mi avvilisce. Però è quello che sono e mi deve andare bene per forza.

Ho i capelli castano chiaro con delle sfumature dorate grazie ai riflessi che Kate Shinn, una ragazza che lavora nella mia azienda e anche lei membro del nostro club, mi ha convinta a fare all'inizio del mese per il mio compleanno. Il cambiamento di una donna inizia dai capelli. Non direi, se sono solo i capelli a cambiare e tutto il resto rimane uguale. Il viso stanco infatti è rimasto lo stesso. E anche gli occhi senza più traccia di entusiasmo o di gioia.

Sembro ormai condannata a fallire in qualunque campo della mia esistenza. Ma è come se non volessi ancora rassegnarmi, farmene una ragione. Una parte di me, forse sempre più minuscola e fragile, non si vuole arrendere e sta ancora cercando disperatamente una soluzione. Per cui trascorro le notti a pensare, a riflettere. In cerca di un'idea sensazionale, di un'illuminazione. O sperando in un miracolo che però non si è ancora verificato.

Cerco nel guardaroba. Come mi dovrei vestire? Come una donna d'affari o come una ragazza provocante? Perché poi sto seguendo il suggerimento di Leah di mettermi carina? Per un tizio che potrebbe essere brutto, grasso e bavoso? No, non sono ancora a questo punto. Spero di non arrivarci mai. Al liceo collezionavo i ragazzi più carini della scuola. E loro probabilmente collezionavano me.

Meglio non divagare ora. Dunque... Elegante, sportiva, casual? Troppo elegante direi che non è il caso. Vestito rosso scollato? No, non devo provocarlo! Anche perché rischio di fare la fine di un torero nell'arena, infilzato da un toro assetato di sangue. No. Se indosso i jeans e un maglioncino preso a caso sembra che me ne freghi proprio. Pantaloni neri, camicia rosa antico con ricami e giacca? Sì. Direi che va bene. Donna d'affari compita, modesta ma determinata.

Mi guardo allo specchio. Truccata ho un aspetto un po' più passabile. Se esistesse il modo per dare una bella sistemata anche al cervello che sta sotto ai capelli e prende sempre direzioni impervie sarebbe fantastico! Controllo l'ora. Quasi le otto e mezza. Sicuramente Marcel Moore, il più stretto collaboratore prima di mia madre e ora mio, avrà già aperto. E io mi devo avviare a incontrare quel consulente della "Masterpiece Toys" di cui non conosco ancora né il nome né l'aspetto e, cosa ancora peggiore, nemmeno le intenzioni. Posso solo supporre che non siano pacifiche nei miei confronti. Ma devo forzatamente prendere in considerazione la sua proposta, non ho alternativa.

In teoria sono pronta per uscire. In pratica vorrei restarmene chiusa qui per sempre, al sicuro. Mi guardo intorno come se mi mancasse qualcosa. Ho sempre l'impressione che mi manchi qualcosa ultimamente. Passo in rassegna tutta la mia stanza, fino a incontrarla con lo sguardo, seduta sulla poltroncina in stile rococò accanto alla finestra. La mia Sandy. La mia bambola di Natale. In realtà non è una bambola di Natale, sono stata io ad averla sempre chiamata così. Mia madre me l'aveva regalata tanti anni fa, è stata il primo vero regalo che ricordo. Sandy, proprio come chiamava me. Mi avvicino e l'afferro. È sempre la stessa, almeno lei, con il suo abitino bianco in raso e i ricami sul petto, la coroncina sui lunghi capelli ricci castano chiaro. La bambola Sandy in realtà ero io.

«Non è che potresti portarmi un po' di fortuna, almeno tu?»

Decido improvvisamente di trascinarmela dietro. Saranno anni che non esce di casa. Anzi, in realtà è uscita solo per passare da una casa all'altra. Da quella dei miei a quella di mia madre, alla mia stanza del college, alla casa con il mio ex marito per finire in questo appartamento nel centro di Bristol, in cui vivo da sola da più di dieci anni. Sì, decisamente la mia bambola Sandy ha bisogno di prendere un po' d'aria.

Scendo le scale ed esco a prendere la macchina parcheggiata di fronte. L'azienda si trova alla periferia della città ma non troppo lontano. La raggiungo in poco più di quindici minuti nonostante il traffico. Parcheggio e prima di scendere dall'auto faccio un bel respiro. Lancio un'occhiata verso l'edificio grigio in mattoni che conosco ormai da una vita. Le scale laterali che portano all'ingresso, la porta in legno intagliata, poi quella interna in vetro che immette direttamente verso il laboratorio, il fulcro della produzione. Devo sforzarmi di sorridere ed essere propositiva. Non voglio arrendermi, non ancora.

Una volta entrata, oltrepasso l'atrio, saluto alcuni dei miei collaboratori con un sorriso entusiasta, almeno nelle intenzioni, e raggiungo il mio ufficio. Posiziono la mia Sandy su uno scaffale alle mie spalle. Il mio piccolo ufficio sembra il rifugio di tutti i modelli di bambola da noi realizzati. Modelli di mia madre, per lo più. Qualcuno di Marcel. Altri di collaboratori occasionali. Io ci ho provato, soprattutto i primi anni, ma non sono in grado, non sono all'altezza. Non sono mai stata in grado, purtroppo. Da bambina avrei voluto, mi era preso questo entusiasmo di creare, realizzare qualcosa di mio.

Poi l'ho perso, forse perché io stessa mi sono persa, e non l'ho più ritrovato.

Mi siedo alla scrivania, appoggio i gomiti e mi passo le mani sul viso. Rischio davvero di perdere tutto questo. E il mondo comunque continuerebbe a girare. Io continuerei a vivere, a trascinarmi stancamente un giorno dopo l'altro e a…

Sento bussare alla porta e sobbalzo. Controllo l'ora. Deve essere lui, il mostro a tre teste che mi divorerà. Il consulente finanziario. Il nemico. E io devo affrontarlo e soprattutto impedirgli di farmi sentire un'idiota incompetente.

«Prego… avanti…»

Qualcuno deve avergli indicato dove raggiungermi. Ecco, già non ho una segretaria, già il mio minuscolo ufficio sembra un magazzino, il rifugio delle bambole smarrite. In più mi trema anche la voce ora. Riesco a chiudere gli occhi e a fare un bel respiro nella frazione di secondo in cui la porta si apre.

Quando riapro gli occhi e lo vedo sulla porta anche le poche e tremanti parole che potrei rivolgergli si perdono nella notte dei tempi. Mi sforzo di deglutire, chiudere la bocca e sbattere le ciglia per smettere di fissarlo. Mi si ripresenta viva davanti agli occhi l'idea di stenderlo, come suggeriva Leah. In effetti lo stenderei davvero, se potessi.

Invece mi alzo e gli tendo la mano mentre lui si avvicina. La sua stretta è forte e decisa. La mia mano sembra piccolissima, persa nella sua. E salutandomi non stacca gli occhi dai miei. Ha gli occhi azzurri, profondi, quasi invadenti. Un bel viso pulito, gli zigomi perfettamente delineati e i capelli scuri abbastanza lunghi ma pettinati all'indietro. Come può uno che mi farà del male essere tanto bello?

«Prego, si accomodi signor…?»

«Jenkins. James Jenkins.»

Anche la voce è calda e profonda. Ovviamente. Annuisce e accenna un sorriso. Intanto io mi perdo nei dettagli. Indossa una camicia azzurro scuro e il completo blu. La cravatta sempre blu ma di un'altra tonalità. Potrei chiamarlo l'uomo in blu invece di… Come ha detto che si chiama? James qualcosa…

Il suo nome sembra uno scioglilingua, ma nella vita nessuno è perfetto. Nemmeno lui. Noto anche una lieve cicatrice sullo zigomo sinistro. Ma non è un segno di imperfezione, lo rende anzi ancora più attraente. Di un attraente misterioso. Magari praticava il pugilato in gioventù.

«Alexandra Riley.»

Inutile sottolinearlo, lui lo conosce il mio nome. Ma sono io che non so che altro dire e da che parte iniziare l'analisi del mio disastro finanziario.

Si accomoda, inclina il viso e mi osserva. Sembra quasi divertito. Possibile che io sia un tale disastro? Senza distogliere lo sguardo apre la sua valigetta, prende dei documenti e li appoggia sulla mia scrivania. Cerco affannosamente di fare un po' di spazio. Accidenti! La mia scrivania è sommersa da quaderni, cartoline, biglietti d'auguri ricevuti dai miei dipendenti per il mio compleanno, pupazzetti e bamboline in formato mignon.

«Vedo che è molto amata dai suoi collaboratori.»

Sorride e annuisce facendo roteare la penna tra le dita. Ha davvero una penna d'argento! Se mi andasse male potrei sempre aprire un'attività come chiaroveggente.

«Sì, loro sono molto gentili con me. Ma in realtà…»

In realtà era mia madre che amavano, soprattutto i più anziani. Io sono apprezzata di conseguenza. Come se fosse un dovere, per loro.

«In realtà?»

Appoggia la schiena alla sedia e mi osserva interessato. Più di quanto avrei immaginato lasciando la frase in sospeso.

«L'attività era di mia madre.» Perché dovrei raccontargli particolari della mia vita privata? «Comunque…»

Faccio cenno alle sue carte, inutile perderci in dettagli ininfluenti per entrambi, considerato il motivo del nostro incontro.

«Certo, veniamo a noi due.»

Stacca gli occhi da me e li dedica alle sue scartoffie, con interesse ancora maggiore. Perché ho colto quella nota insinuante nella sua voce? Forse perché se lo avessi incontrato in un pub o in un night club mi sarei fatta tutta un'altra idea di quel "veniamo a noi due".

Sto impazzendo! Mi sto facendo idee strane sull'uomo che mi fregherà e che mi rovinerà, come la peggiore delle disperate. Sono un disastro!

«La situazione della "Rosie's Dolls" è disastrosa, signora Riley.»

Ecco, appunto! Torna a guardarmi. Stavolta non mi appare più tanto affascinante. Anzi, sembra uno stronzo. Con lo sguardo da stronzo, il tono di voce da stronzo.

«Io so che… sì, insomma, io non ho…»

Non ho fatto nulla. Proprio nulla. Mi sono lasciata trascinare dal successo di mia madre e dalla sua capacità creativa. Un successo e una capacità creativa di quindici anni fa, però! Mi sono adagiata sperando che durasse per sempre.

«Tutto qui è vecchio, signora Riley. Nessuna innovazione, nessuna campagna pubblicitaria d'impatto, nessun piano marketing. Non si è accorta che le vendite sono calate anno dopo anno, mese dopo mese? Perché non ha fatto niente per recuperare quando era ancora possibile?»

«I modelli delle mie bambole sono belli, sono accurati, definiti nei dettagli! Anche gli abitini…»

Stringo forte i pugni. Ci manca solo che ora mi metta a piangere come una bambina. Se penso che questo stronzo con un nome da scioglilingua e la sua "Masterpiece Toys" potrebbero farmi a pezzi e inglobare la mia "Rosie's Dolls" mi metterei a urlare.

«Lo so, signora Riley. Lo vedo.» Gira intorno lo sguardo, passando in rassegna i modelli delle mie bambole. I suoi occhi si posano anche sulla mia Sandy alle mie spalle. «Però non è quello che funziona oggi, purtroppo. Oggi ci vuole una strategia. Il pubblico deve essere conquistato con una campagna pubblicitaria massiccia, deve essere spinto all'acquisto, la qualità da sola non basta più. C'è bisogno di intraprendenza, di aggressività e anche di un po' di manipolazione. Questo è quello che offre la "Masterpiece Toys", il segreto del successo, signora Riley.»

«Mmh… Quindi, secondo lei, io dovrei aggredire e manipolare i miei clienti. Che, nel mio caso, sono in buona parte bambini.» Afferro il primo oggetto che mi capita. È un tagliacarte in legno. Quindi, penna d'argento contro tagliacarte in legno. Magari è un vampiro. Potrei ficcarglielo nel cuore. No, un attimo… i vampiri sono allergici all'argento. «Capisco…»

No, non capisco. E sa dove se lo può mettere il suo segreto del successo?

«Quindi, signora, questa è l'offerta della "Masterpiece Toys". Può ovviamente prendere qualche giorno di tempo per leggerla accuratamente e mostrarla al suo avvocato. Consideri attentamente anche tutte le clausole.»

Mi mette sotto il naso la proposta con la cifra ben in evidenza. Perdo addirittura il conto degli zeri, mi si annebbia la vista. Potrei trasferirmi su un'isola tropicale a questo punto, non solo farci una vacanza.

«Io non ho intenzione di cedere, mi dispiace.» Mi alzo e mi volto di spalle. Mi è passata anche la voglia di guardarlo in faccia. Insomma, mi dice chiaro e tondo che sono un'incapace, che la mia azienda è un disastro... ma la sua preziosa "Masterpiece Toys" la vuole a tutti i costi. Sarò un'incapace e una pessima donna d'affari, ma non sono scema! «Si porti pure via le sue cartacce quando se ne va. Grazie del suo tempo, signor...»

«James Jenkins» Mi ripete il suo nome, scandendo le parole. Non lo vedo ma lo sento alzarsi. La sua voce sembra essere diventata più dura, più profonda, quasi roca. «Ma forse, perché non lo dimentichi, potrebbe tornare a chiamarmi come faceva una volta, Jimmy Jumbo. In ogni caso le lascio il mio biglietto da visita insieme alle scartoffie di cui potrà prendere visione comodamente. Arrivederci, signora Riley.»

Rimango immobile, incredula. Dopo "Jimmy Jumbo" ho perso quasi completamente il senso delle sue parole.

Quando mi riprendo e mi volto se n'è già andato e ha richiuso la porta.

Quell'uomo, quel gran pezzo d'uomo con quel viso, quegli occhi, quella voce e quel piglio da bastardo senz'anima è Jimmy Jumbo? Lo stesso goffo e inconcludente Jimmy Jumbo dei primi due anni delle superiori? Il ragazzino più deriso, sbeffeggiato e umiliato del liceo? No, non ci posso credere. È davvero uno scherzo crudele. Perché se non lo fosse allora sarebbe davvero la mia fine. Io, tra tutti quelli che hanno reso la vita impossibile al povero Jimmy Jumbo, ero la capobanda!

CAPITOLO 3

Era sempre stato Jimmy Jumbo per me. Per questo il nome James Jenkins non mi è risultato familiare. Mi chiedo se stia pensando di denunciarmi per bullismo con vent'anni di ritardo. Magari lo farà. E io, oltre a fallire, trascorrerò il resto della mia vita in carcere.

Una cosa è certa. Mi farà a pezzi. Lo farei anche io se fossi al suo posto e ne avessi la possibilità. Jimmy Jumbo. Ancora non riesco a crederci. E non riesco a credere quanto io lo abbia sfruttato, usato, umiliato. Mi faceva i compiti, tutti quanti, di tutte le materie. Mi faceva copiare anche i test a scuola, correndo il rischio di essere beccato. Mi scriveva lettere, poesie, bigliettini di auguri per ogni occasione. E non gli importava quanto io e la mia banda lo prendessimo in giro e lo umiliassimo. Era un ragazzino goffo e lento. Balbettava quando si sentiva intimidito o spaventato. Bravo a scuola ma un disastro totale nello sport e nella vita sociale. E negli anni del liceo la vita sociale e l'aspetto fisico è tutto ciò che conta di più, almeno per una certa categoria di persone. Io all'epoca facevo parte di quella categoria di persone. James Jenkins invece no.

Ora Jimmy Jumbo è ricomparso, un po' come il fantasma di un Natale passato. Ma questa volta non mi scriverà una tenera lettera d'amore. Questa volta mi distruggerà. E nessuno dei miei vecchi amici si coalizzerà al mio fianco per proteggermi. Semplicemente perché sono altrove e ovunque siano se ne fregano di me da anni.

Sento bussare alla porta. Temo quasi che sia ancora lui e sia tornato per infliggermi il colpo di grazia. Non rispondo e vado direttamente ad aprire.

Sono Leah e Marcel, entrano e mi fissano con espressione interrogativa mentre io torno a sedermi dietro alla mia scrivania. La uso un po' come difesa, mi sento meno esposta così.

«Allora?» Leah è la prima a sfidare il mio silenzio.

«Non è andata molto bene.» Evito di entrare nei dettagli. Tanto non servirebbe. «Ma troverò una soluzione.»

Invece no. Non la troverò e non ci andrò nemmeno vicina. Ma al momento non so che altro dire. Non sarebbe andata bene nemmeno se James Jenkins fosse stato un estraneo. Il fatto che sia un ex compagno di scuola che ha tutte le ragioni per odiarmi peggiora solo la situazione. Implica il fatto che oltre a distruggermi, ci proverà anche gusto nel farlo.

Leah e Marcel sembrano sollevati dalle mie parole. È inutile affliggerli a pochi giorni dal Natale. Aspetterò dopo le feste per togliere anche a loro la speranza di una possibile ripresa. L'unica cosa che potrò fare è supplicare Jimmy Jumbo, anzi James Jenkins, di far assumere i miei dipendenti alla "Masterpiece Toys". Di me stessa non so ancora cosa sarà. Forse andrò davvero su quell'isola tropicale, oppure organizzerò un bel viaggio intorno al mondo.

L'ironia della sorte è che non è rimasto nulla in me della ragazza che ero vent'anni fa. Anche il gruppo di amici che frequentavo si è disperso, soprattutto dopo il mio trasferimento a Londra per l'università. Sono rimasti parte della vita di Bryan, il mio ex marito, ma non della mia. Per ovvi motivi. Essendoci una parte da prendere, hanno scelto lui, non me.

La mia famiglia ora sono Leah, Marcel, gli altri del nostro club e i miei dipendenti. Non so nemmeno come troverò le parole per informarli che la "Rosie's Dolls" verrà incorporata nella "Masterpiece Toys". Ma dovrò trovare il modo. Dopo Natale. Almeno spero che la mia disfatta totale avverrà dopo Natale, non prima.

CAPITOLO 4

Ho preso tempo e sono stata zitta. Almeno per il momento. Il nostro destino è ancora avvolto nel mistero. Non voglio rovinare l'atmosfera natalizia nell'azienda e nelle famiglie dei miei dipendenti. Qui c'è qualcuno che ancora ci crede. Devo solo attendere che i giorni passino.

Intanto da un giorno esatto controllo freneticamente il cellulare nel caso… non so nemmeno più come chiamarlo… Jimmy Jumbo, James Jenkins… insomma nel caso lui decida di chiamarmi.

Cosa dovrei fare? Rinnegare il passato? Scusarmi per i miei errori nei suoi confronti? Oppure fare l'indifferente e mostrare totale noncuranza?

Le scartoffie che mi ha lasciato insieme al suo biglietto da visita hanno occupato un angolo della mia scrivania, il più lontano possibile da me. Come se volessi tenere entrambi a distanza, un universo separato con cui non vorrei mai più entrare in contatto. Invece mi toccherà. Ne sono consapevole. Però preferisco rimandare a un altro giorno. A un altro anno, possibilmente.

Non sarà così crudele da voler rovinare le vacanze di Natale a me e a tante altre persone che lavorano qui. No,

Jimmy Jumbo non sarebbe tanto crudele. Jimmy Jumbo no, ma che ne so io di James Jenkins?

Accidenti, non ho mai saputo il suo vero nome prima d'ora! Non mi sono mai premurata di conoscerlo. Come si potrebbe non odiare quella che ero io negli anni del liceo? Io stessa ora mi odierei! Ero il prototipo di ragazzina bella e stupida che si vede nelle commedie americane. Quella che alla fine viene schifata da tutti e rimane sola. O che fa una brutta fine, nei film horror. Mangiata da un mostro o dissanguata. Ecco, in effetti non ci andrò molto lontana!

Sistemo meglio i miei fogli da disegno sulla scrivania. Da un giorno ho anche ripreso a disegnare modelli, o almeno a provarci. Nervosamente, convulsamente, senza nemmeno un briciolo di tecnica. Sono solo abbozzi, per smaltire la tensione. Magari proverò a mostrarli a Marcel più tardi, appena realizzerò qualcosa di concreto. Anche se probabilmente Marcel mi dirà che non è una buona idea tentare di aggiornarci, che perderemo lo stile, la classe. Più facile che lo convinca a riprodurre bambole antiche o d'epoca piuttosto che bamboline plasticosissime che fanno il ruttino. Se poi gli proponessi bambole sexy o gonfiabili gli verrebbe un colpo a quel poveretto. No, non piacerebbero nemmeno a me. Sarebbe come snaturarci. A quel punto tanto varrebbe lasciare tutto nelle avide mani della "Masterpiece Toys". Deve essere qualcosa di innovativo ma di classe, mantenendo il nostro stile. Mi volto verso la mia Sandy, che mi trascino dietro da un giorno.

«Tu che faresti?»

In effetti qualcosa di simile a lei, al suo graziosissimo visetto in biscuit, però più moderno sarebbe l'ideale. Ma no. Non posso e non voglio. La mia Sandy è un modello unico, non potrà mai essere riprodotta in serie. È la mia bambola di Natale. Solo mia. Creata appositamente per me.

Marcel comunque non accetterebbe di produrre duplicati di Sandy, nemmeno se glielo ordinassi io. Non lo farebbe mai. Per mia madre si rifiuterebbe, è ancora troppo legato al suo ricordo. E sa benissimo che considerava la mia Sandy un modello unico. È sempre stato innamorato di lei. Forse lei non se n'è mai accorta, ma io sì, fin da piccola. Non ho mai visto mio padre guardare mia madre come la guardava Marcel Moore, con quegli occhi scuri in completa adorazione per ogni suo gesto, ogni sua parola.

Lo squillo del telefono mi fa sobbalzare. Non appare un nome sul display, ma un numero. Afferro in fretta il biglietto da visita. È lui, accidenti! Ma almeno ho avuto il tempo di rendermene conto e prepararmi psicologicamente. Professionale, Alexandra. Professionale e distaccata. Mi schiarisco la voce prima di rispondere.

«Pronto?»

«Buongiorno, Alexandra.» Ah, ora non sono più la signora Riley? Anche il tono sembra vagamente più amichevole e conciliante. Sembra, meglio non illudermi troppo. «Non so se ha avuto abbastanza tempo di riflettere sulla mia proposta di ieri, ma che ne dice di un invito a pranzo?»

«Senta, James…»

Sto chiamando Jimmy Jumbo "James"? E con questa vocina atterrita. Se me l'avessero raccontato vent'anni fa sarei scoppiata a ridere.

«Mi dispiace di averle detto quella cosa in quel modo, ma…» Esita e sembra alla disperata ricerca di parole che non sa trovare. Forse ricordare il passato non piace nemmeno a lui. Del resto a chi potrebbe piacere ricordare di essere stato umiliato, deriso e occasionalmente preso a botte e a spintoni? «Lei davvero non mi aveva riconosciuto e alla fine non ho resistito. Non avrei dovuto.»

«In effetti è stata una sorpresa, lo ammetto.» E io sono stata una stronza imperdonabile e mi dispiace. Servirà a qualcosa dire che mi dispiace dopo così tanto tempo? O sta solo prendendo tempo con questo invito a pranzo per indebolirmi e affondare la lama più a fondo quando mi colpirà? Ma intanto forse mi conviene sondare il terreno. È solo un pranzo, non credo che proverà ad avvelenarmi. «Comunque per il pranzo va bene, sono libera.»

«Perfetto, allora passo a prenderla in azienda a mezzogiorno.»

Lo saluto e controllo l'ora. Sono appena le dieci. Continuo a disegnare mentre lo aspetto. Tutta questa storia mi sta innervosendo. Come se non fossi stata già abbastanza nervosa prima.

Arriva a prendermi, puntualissimo e impeccabile nel suo abito scuro con camicia azzurra e cravatta. Rivederlo e salire sulla sua macchina mi fa sentire a disagio. È un'auto degna dell'affascinante consulente finanziario James Jenkins, non dell'imbranato e goffo Jimmy Jumbo. La cosa più assurda è che se non avessi il confronto con il passato e se non fosse stato mandato appositamente per rovinarmi, io da James Jenkins sarei irrimediabilmente attratta.

Percorriamo il tratto di strada in silenzio. Solo pochi minuti, non si addentra nel centro città. Accosta di fronte a un ristorante in periferia, vicino al porto. Rustico ma allo stesso tempo raffinato. Uno di quelli che James Jenkins potrebbe permettersi. Prima che io scenda si affretta a venire ad aprirmi la portiera.

«Grazie...»

Mi sento inadeguata. Non mi aspettavo di rivederlo già oggi e sono molto meno curata. Sopra ai pantaloni neri ho messo davvero un maglioncino azzurro preso a caso dal cassettone e una giacca sportiva. Per fortuna almeno ho evitato i jeans.

Ordino quello che prende anche lui, un piatto a base di pesce e del vino bianco. È tutto delizioso ma io ho lo stomaco chiuso. I nostri gesti sono convenzionali, la conversazione distaccata. Ci limitiamo a scambi di opinione sul tempo, sulla vita in città. Scambi di informazioni personali davvero molto limitate. Io gli comunico di aver studiato storia dell'arte a Londra. Lui di essersi trasferito in America con i suoi genitori durante il terzo anno di liceo e di aver concluso lì gli studi laureandosi in economia a Stanford.

«Non mi sorprende…» annuisco e accenno un sorriso. «Eri davvero molto bravo.»

Forse avrei dovuto evitare riferimenti al nostro comune passato. Mi sento in colpa. Anzi, mi sento una merda totale in confronto a lui. Torno a fissare la cicatrice sul suo zigomo. Anche quella è stata opera nostra. Non mia direttamente, ma del gruppo di cui io facevo parte.

«Grazie, Alexandra.»

Intreccia le dita e mi guarda, risponde al sorriso. Ora mi sento enormemente a disagio. Con me lui era gentile, dolce. Io invece ero la regina delle stronze.

«Comunque sono contenta che tu…»

Che tu cosa? Che oltre a essere intelligente tu sia diventato un tipo da spogliare con gli occhi? Con quel fisico e quello sguardo… Bene, così oltre alla ragazzina stronza del passato aggiungerà la donna superficiale del presente!

«Sono contento anche io. In America ho iniziato a praticare sport, ho perso peso. Ho curato anche la mia balbuzie. Avevo una chiara idea di chi volevo diventare e… non avrei mai accettato che l'esperienza che ho avuto qui si ripetesse in un altro liceo, con altre persone. Ho giurato a me stesso che non sarebbe più accaduto. Ho fatto tutto quello che potevo fare.»

Parla tranquillamente, senza astio nei miei confronti. Nonostante tutto le sue parole mi feriscono a tal punto da non sapere come replicare. Il senso di colpa mi assale e mi invade senza lasciarmi tregua.

Punto lo sguardo sul suo viso e mi sforzo di sovrapporre l'immagine dell'uomo che ho di fronte a quella del ragazzino di allora. Mi aggrappo al primo particolare, per rompere il silenzio.

«Non porti più gli occhiali.»

Cerco di mantenere un sorriso compito per non mettermi a piangere. Quanto possono essere cattivi gli adolescenti a volte!

«Prima le lenti a contatto poi il laser hanno fatto miracoli!»

Sorride e mi strizza l'occhio. E a me tremano le ginocchia anche da seduta. Però mi aspetto la fregatura da un momento all'altro. Nessuno al mondo potrebbe dimenticare quello che io e i miei amici abbiamo fatto passare a questo povero ragazzo. Si vendicherà, sta solo aspettando il momento giusto.

«Comunque, Alexandra...» Approfitta di una mia pausa per riprendere il discorso. «Questa mattina stavo riconsiderando ciò di cui abbiamo parlato ieri. E io credo che non ci sia altra possibilità.»

Ecco riemerso il consulente finanziario. Quello che userà tutti i mezzi a sua disposizione per fregarmi.

«No, James. Inutile perdere tempo, io non venderò.» Replico decisa anche io, questa volta. «Ero propensa ad accettare un accordo, ma di cedere tutto alla "Masterpiece Toys" non se ne parla proprio.»

«Alexandra, un accordo come lo vorresti tu non sarebbe di nessun profitto per la "Masterpiece Toys." Anche perché da quello che mi sembra di capire tu saresti contraria a qualunque cambiamento di produzione per incrementare i profitti.» Scuote la testa deluso, anzi quasi seccato. «E alla tua azienda, scusami se te lo dico, non basterà nemmeno un semplice cambiamento. Solo una rivoluzione totale potrebbe salvare quel poco che c'è da salvare.»

Ecco, come immaginavo! Aspettava solo il momento giusto per farmi a pezzi, prendere la mira e affondarmi per bene la lama nel petto.

«No. Se devo andare a fondo allora andrò a fondo e me ne farò una ragione. Ma non mi lascerò corrompere e non snaturerò l'azienda di mia madre. Non diventerò parte di qualcosa in cui non riesco a riconoscermi. Quindi no, non posso accettare.»

«Preferisci il fallimento? Ti assicuro che non otterrai un'offerta migliore da nessun altro. Ti conviene accettare prima che sia troppo tardi. Potremmo concludere l'affare già oggi o domani.»

Torna anche la sua voce dura, tagliente. Ha l'intransigenza di un uomo che non accetta un no come risposta. E io ne ho ribaditi un bel po' in poche frasi.

«C'è una cosa che davvero non capisco, James.» Prendo tra le mani il tovagliolo e lo stringo. Strangolerei lui in questo momento, se potessi. Ma devo mantenere la calma e mostrarmi anche io dura e determinata. «Se la mia azienda è ridotta così male, perché la "Masterpiece Toys" è disposta a pagare così tanto per averla?»

«La "Masterpiece Toys" non paga quello che è la "Rosie's Dolls" oggi, ma quello che è stata in passato. Ha significato molto per tante persone.» Sospira profondamente e si stringe nelle spalle. «E la "Masterpiece Toys" ha molta considerazione per questo passato e per il nome di tua madre, Alexandra.»

Sento il cuore stringersi e poi lacerarsi. Non mi sbagliavo. Non era solo una mia impressione.

«Sai cosa ti dico?» Mi alzo e lancio il tovagliolo sul tavolo. «Che tu, la "Masterpiece Toys" e il passato potete andare tutti al diavolo! Tu mi odi e ti vuoi vendicare, questa è la verità!»

CAPITOLO 5

Non si è fatto più vedere né sentire. Per fortuna. Spero di non saperne più nulla almeno fino a dopo Natale. Anzi, magari fino all'anno prossimo. Vorrei non saperne più nulla per sempre ma temo che non sia possibile. Quando l'ho mollato al ristorante ho dovuto prendere l'autobus per tornare in azienda. Lui non ha tentato di fermarmi o di seguirmi. Mi sono sentita una cretina. Ma non ci voglio pensare ora.

Oggi ho deciso di trascorrere la giornata in negozio, insieme a Kate. Poi sono arrivate anche Leah e Adele, a farci compagnia e ad allietarci l'animo con biscotti e cappuccino. Non che qui in negozio la situazione sia migliore rispetto all'azienda. Ogni tanto entra qualche cliente affezionato oppure qualcuno di passaggio affascinato dalla vetrina e dalla classe delle nostre bambole. Non ce ne sono più di così belle in giro. Ne sono consapevole. Per questo non posso, non voglio arrendermi. Io non diventerò un prodotto di massa! Io sono unica! Cioè le mie bambole sono uniche. Io sono quella che sono.

Mi sono dedicata alle mie due vetrine. Ho utilizzato le mie doti artistiche per renderle più attraenti e natalizie. Almeno a qualcosa i miei studi possono servire. Esco per ammirarle da fuori e mi allontano di qualche passo per avere una visione completa della vetrina. Ho utilizzato dei festoni natalizi discreti, non voglio che mettano in secondo piano le bambole. E gli abitini sono davvero curati, alcuni vivaci e divertenti. Qualche abitino natalizio. Un paio di bambolotti vestiti da Babbo Natale posizionati su entrambi i lati. Le passo in rassegna, una dopo l'altra. In porcellana, in biscuit, in stoffa... qualcuna in plastica, ma plastica buona come diceva la mamma... Meglio di così non potrei fare. E mi conviene rientrare, sono uscita solo con il maglione e fa davvero troppo freddo oggi.

«Senti, scusa...»

Mentre sto per muovermi mi sento toccare il braccio e mi volto. Noto una bambina dai capelli lunghi e ricci, di un colore caldo, biondo ramato. Indossa un vestitino di lana in tinta avorio e un giubbotto rosa.

«Ciao, piccola... sei tutta sola?»

Mi guardo intorno. Dimostra circa quattro o cinque anni. Si sarà persa?

«Cassandra, quante volte te lo devo dire di non correre? Io non riesco a starti dietro!» La raggiunge una signora dai capelli rossi, con l'aria affannata. «Dobbiamo andare a fare la spesa, vieni.»

«Nonna, io odio fare la spesa!» La bambina esprime tutto il suo disgusto con una smorfia che le dipinge sul visetto un'espressione davvero buffa. «Io voglio entrare qui. L'altra volta che siamo passate era chiuso... ti prego, ti prego, ti prego!»

«Insomma, Cassandra...»

La nonna della bambina incrocia rapidamente il mio sguardo e tende la mano verso di lei per convincerla. La piccola Cassandra non trova di meglio da fare che nascondersi dietro di me e usarmi come scudo contro la nonna e la spesa.

«Se si fida...» Mi sembra una proposta assurda, ma ormai mi sono lanciata. «La bambina potrebbe stare in negozio insieme a me e quando ha finito la spesa può passare a riprenderla.»

«È davvero sicura che non sia un disturbo? È una bambina davvero vivace, fin troppo!»

La nonna più che preoccupata all'idea che una totale estranea si occupi della nipotina, sembra quasi sollevata.

«Certo, ci sono anche le mie collaboratrici in negozio, ce la faremo!»

Avrei dovuto evitare ma ormai non posso tirarmi indietro. Sorrido e appoggio la mano sulla testolina di Cassandra che mi circonda la vita con le braccia e mi rivolge un sorriso entusiasta.

Così rientro in negozio con la bambina per mano. Appena entrata la piccola si illumina. Da tanto non vedo un'espressione così incantata sul viso di un bambino.

«Esci per controllare la vetrina e rientri con una bimba?» sorride Leah avvicinandosi a noi. «Chi è questa deliziosa principessina?»

La bambina attira l'attenzione anche di Kate e di Adele, che ci raggiungono.

«Io mi chiamo Cassie.» La piccola non si fa intimidire, anzi. «La nonna è andata a fare la spesa. Voi come vi chiamate?»

Leah, Kate e Adele a turno si presentano. Cassie si volta verso di me.

«E tu?»

«Io sono Alexandra. Alex…»

Mi sento un po' stupida. Tutte lo sembriamo. Come delle bambine che si presentano e improvvisamente decidono di iniziare a giocare insieme. Devo però ammettere che Cassie possiede una grazia non comune, che coinvolge. Quando sorride le appaiono alcune efelidi sul nasino. E lei sorride spesso. Se indossasse uno dei loro abitini potrebbe sembrare una delle mie bambole, in formato naturale.

Cassie è davvero vivace ma mostra un'attenzione a tutti i particolari che spesso è difficile riscontrare anche in un adulto. Dopo meno di mezz'ora conosce quasi ogni angolo del negozio e non smette di interrogare Leah, Kate e Adele a proposito delle bambole, degli abiti. Anche la costruzione delle case delle bambole attira il suo interesse. Sfortunatamente George, il nostro costruttore, oggi è assente. Intanto i minuti passano e io inizio a chiedermi che fine avrà fatto la nonna di Cassie.

Mentre le altre la tengono occupata io ne approfitto per aggiornare i registri con alcuni dati di vendita sul mio quaderno. Finché mi ritrovo Cassie di fronte, intenta a guardarmi. No, non guarda me. La sua attenzione è stata attratta dalla mia Sandy, posata sullo scaffale alle mie spalle.

«Io voglio quella!»

Sì certo, come no! Tra tutte le bambole presenti in negozio questa ragazzina ora pretende di avere proprio la mia Sandy.

Cerco di dirigere la sua attenzione altrove. La mia Sandy non si tocca!

«Ce ne sono tante di bambole qui... le hai viste tutte? Alcune sono molto belle e...»

«Lo so. Le ho viste. Ma io voglio quella.»

Incrocio le dita e cerco di mantenere il controllo. Calma, Alexandra. È solo una bambina. Una bambina simpatica, dolce, carina e ricciolina. Ma non avrà la mia bambola di Natale. Mai.

«Mi dispiace, piccola. Sandy non è qui per la vendita. È qui... insomma è qui e basta.»

Speriamo che capisca e rivolga il suo interesse altrove. Non posso cedere Sandy a nessuno, nemmeno a lei.

«Si chiama Sandy?»

Invece di cambiare oggetto di desiderio, la bambina sembra ancora più interessata.

«Sì... da Alexandra. Mia madre mi chiamava Sandy e...»

E non ho voglia di proseguire con gli affari miei. La ragazzina deve imparare che non può avere tutto ciò che vuole.

«Io mi chiamo Cassandra. Anche io posso essere Sandy!»

Non ci credo. Si vuole mettere in competizione con me anche con il nome? Quanto può essere intelligente e furba una bambina dall'aria così dolce e innocente?

«Sì, volendo. Però Sandy deriva da Alexandra.»

Ma in che razza di discussione mi sono cacciata? Ci manca che mi sforni una discussione filologica sull'origine dei nomi questa saputella!

«Perché non vieni al nostro club delle bambole questa sera a casa di Alex? Puoi portare anche la nonna, ovviamente. Oltre alle bambole ci sarà anche tanta cioccolata.» Leah interviene per distoglierla dalla mia bambola.

Lo apprezzo, ma... cosa le è saltato in testa di invitarla a casa mia? E poi questa sera...

«È venerdì sera, c'è il club del libro non quello delle bambole.»

Ecco, cosa le è saltato in mente di invitarla e di sconvolgere anche l'ordine delle nostre serate, oltretutto!

«Non essere così rigida e abitudinaria, Alexandra. Sei ancora giovane! Sono sicura che anche gli altri non avranno nulla in contrario.»

Leah mi rivolge un'occhiata severa. Ora mi sento anche in colpa. Ma tanto ormai ci ho fatto l'abitudine in questi giorni.

Cassie inclina la testolina, poi la scuote lasciando ondeggiare i lunghi capelli sulle spalle. Punta gli occhioni azzurri su Leah, poi volta il viso verso di me.

«La nonna non ci sarà, è sempre stanca la sera, crolla dal sonno dice lei. Posso portare il papà?»

«Sì, certo.» Sospiro e mi stringo nelle spalle, poi mi sforzo di sorridere. «Porta pure chi vuoi.»

La nonna, il papà, la mamma, gli zii... anche i cugini di quarto e quinto grado. Basta che stai lontana dalla mia bambola di Natale, ragazzina!

CAPITOLO 6

Così abbiamo lasciato il mio indirizzo alla nonnina appena si è degnata di venire a riprendersi la cara nipotina quasi due ore più tardi. Secondo me oltre alla spesa si è fatta anche una bella sosta in una sala da tè per rifocillarsi. La posso capire. Quella bambina è tanto carina ma resta comunque un piccolo vulcano, prosciuga energie, non sta mai ferma e zitta. Crollerei anche io la sera! Oddio, già crollo in ogni caso!

Però insomma… Leah che invita bimbe sconosciute a casa mia! E poi c'è il club del libro il venerdì sera. Il club delle bambole è il martedì. Starò anche diventando una vecchia zitella acida, ma detesto sconvolgere le abitudini consolidate da anni.

Cosa faremo in questa serata? Magari Adele ci mostrerà i suoi nuovi modelli di abitini per le feste. George parlerà delle sue nuove costruzioni di casette, ne stava progettando una in stile chalet di montagna. Kate racconterà la sua visita ai mercatini, la sua passione da sempre è collezionare bambole antiche.

Quello che temo e che proprio non vorrei è finire per parlare di lavoro con estranei di mezzo. E poi avrei preferito evitare il discorso anche con Leah, Marcel, Kate, George e Adele. Ancora non sanno che presto sarò costretta a vendere o a chiudere. Vorrei lasciarli ancora nell'illusione che tutto si risolverà, almeno fin dopo Natale.

La mia vita ha preso una direzione inaspettata, rispetto a quelli che sarebbero stati i miei desideri. Dopo il liceo mi sono trasferita a Londra per il college, tra il primo e il secondo anno mi sono sposata con Bryan. Prima che finissi l'università stavamo già firmando le carte per il divorzio. Dopo aver scoperto il suo primo tradimento non ho aspettato il secondo, il terzo e tutti quelli che inevitabilmente sarebbero seguiti. Nonostante il suo pentimento e le sue insistenti promesse che non avrebbe mai più commesso lo stesso errore. Non si è arreso facilmente e di tanto in tanto si fa risentire. Giusto per controllare che la mia vita sia rimasta ferma, vuota e piatta senza di lui, per soddisfare il suo ego. Ma non ha importanza. Una vita da cornuta non mi stava bene, nemmeno per l'ex idolo della scuola Bryan Collins. Anche io non avrei mai più commesso lo stesso errore.

Avrei voluto viaggiare con la mia laurea in storia dell'arte, visitare i musei di tutto il mondo, diventare una critica d'arte affermata se non un'artista. Invece mi sono fermata qui quando sono tornata da Londra, dopo gli studi. Mi sono nascosta qui, come in cerca di un rifugio dal mio dolore, dalla frustrazione e dalla vergogna di essere stata tradita.

Quando mia madre è morta, io ho speso tutto ciò che avevo da parte per poter acquisire la piccola quota che ancora possedeva la sua socia quando avevano iniziato l'attività. Ho deciso di proseguire la sua attività, senza nemmeno essere del tutto certa di volerlo davvero. Sapevo che lei ci aveva dedicato la vita. Sapevo che Marcel, Leah e Adele, i suoi vecchi collaboratori, contavano su di me. E sapevo che almeno loro mi volevano bene e mi sarebbero rimasti fedeli, non mi avrebbero tradita come aveva fatto Bryan e gli altri finti amici che avevamo in comune. Poi al nostro gruppetto si sono aggiunti Kate e George. Anche di loro mi fido ciecamente. Mi rendono stabile, sicura. Cosa che non ho mai potuto dire di mio padre, del mio ex marito, degli amici del liceo e di tutte le persone che sono entrate e uscite dalla mia vita nel corso degli anni. Per questo mi fa male l'idea di deludere proprio loro. Non sono stata capace di mantenere intatto ciò che ci ha uniti, l'azienda di mia madre. Non sono stata abbastanza brava.

Cerco di mandare via il pensiero triste. Dovrà essere una serata allegra, serena. Inforno i biscotti fatti con le formine natalizie e vado a cercare qualche cd di Natale da tenere come musica di sottofondo nel corso della serata. Devo sforzarmi di essere serena e rilassata, non lasciar trasparire nessuna emozione negativa, nessun turbamento. Indosserò anche qualcosa di natalizio, questa sera.

Entro in camera e apro il mio armadio. Un vestitino, perché no? Non dovrò muovermi da casa mia, ma mettermi carina per ricevere gli amici non mi costa nulla. Ne scelgo uno di lana azzurro e bianco con dei richiami vagamente natalizi. Torno in cucina a controllare i biscotti, poi decido di dare una piega anche ai miei capelli arricciandoli un po' sulle punte e di truccarmi per bene.

Ecco, con il vestitino chiaro e i capelli ondulati torno quasi a somigliare alla mia bambola di Natale. Se potessi esprimere un desiderio in questo momento tornerei davvero bambina. Sì, proprio come la piccola Cassie. Nessun pensiero, nessuna preoccupazione, nessun dolore.

Mi guardo intorno. Ci sarà abbastanza atmosfera natalizia in questa casa per una bambina? Il mio alberello di Natale è alquanto misero, per noi adulti è sempre andato bene. Lo guardo e incrocio le braccia. Certo non posso fare miracoli in così poco tempo. Aggiungo qualche festone sia sull'albero sia intorno alla stanza e accendo le lucine. Sì, già meglio.

Ricordo di avere qualche libro illustrato per bambini da qualche parte. Sul ripiano più alto della mia libreria ritrovo *I pattini d'argento*, *La piccola principessa*, *Il mago di Oz*, *Pinocchio*, *Alice nel paese delle meraviglie*, *Il piccolo principe*, *Peter Pan*. Dovrei averne altri in giro ma per questa sera possono bastare, nel caso a

Cassie venisse voglia di sfogliarli. Non parleremo di libri, abbiamo cambiato argomento della serata. Però se la discussione si facesse troppo pesante potrei sempre provare a creare un diversivo in questo modo.

In programma avevamo *Jane Eyre* di Charlotte Brontë, forse il mio libro preferito in assoluto. Ma rimanderemo alla prossima settimana.

Puntuali come un orologio arrivano Leah e Adele. Qualche minuto più tardi Marcel, Kate e infine George. Ognuno con un piccolo rifornimento di cibo e di bevande.

«Hai reso tutto l'ambiente molto più carino del solito, sei stata davvero brava Sandy!»

Finalmente un complimento da parte di Leah, ogni tanto ci vuole. Anche gli altri annuiscono, guardandosi intorno.

«E la cosa più importante...» aggiunge Adele sistemandosi gli occhiali sul naso. «Hai reso anche te stessa più carina del solito!»

Non so quanto siano sincere le vecchie amiche di mia madre. Però mi fa piacere aver fatto un lavoro discreto anche su me stessa. Quello che mi dispiace è dover dire loro la verità sulle reali condizioni dell'azienda e del negozio. E sarò costretta a farlo, a breve. Ma al momento voglio solo godermi la serata e rimuovere il pensiero.

Mentre gli altri si accomodano e iniziano a sistemare i dolci sul tavolo del salotto, sento suonare nuovamente il campanello. Chi manca? Non può essere che la bambina. Ho molto opportunamente nascosto la mia Sandy in camera da letto. Per quanto ne so io i bambini così piccoli solitamente dimenticano in fretta! Può avere tutte le bambole che vuole, le posso regalare anche i miei libri. Ma non la mia Sandy.

Mi preparo un bel sorriso e vado ad aprire. E quando la porta è finalmente aperta il sorriso gradualmente mi muore sulle labbra. Sento proprio fisicamente gli angolini cadere giù, sempre più giù, sempre più giù. Tanto che temo di somigliare a un clown triste.

Cosa diavolo ci fa James Jenkins, alias Jimmy Jumbo, alias l'uomo che mi rovinerà e distruggerà la mia vita, davanti alla porta di casa mia?

E proprio mentre il mio sorriso si trasforma in una smorfia in lui avviene il contrario. Perché lui da serio lascia scivolare lo sguardo sul mio viso e sul mio corpo, poi torna a fissarmi negli occhi e mi sorride.

Come accidenti ha avuto il mio indirizzo di casa? Dove lo ha scovato? Tra i documenti dell'azienda, forse…

«Tu che cosa diav…» Gli punto addosso il dito, irritata a morte.

Non riesco a concludere la frase. Sento una risatina provenire da lui. Anzi, da dietro di lui.

«Ciao!» La proprietaria della risatina compare. Compare la testolina riccia della piccola Cassandra, il suo visino grazioso e gli occhioni azzurri.

Incomincio a capire, ma la verità è che non vorrei proprio capire. La dolce, adorabile, vivacissima Cassie non può essere davvero la figlia di colui che è, al momento, il mio peggior nemico.

CAPITOLO 7

Sono talmente incredula da non riuscire a muovermi né a spostarmi dalla porta. La prima ad agire è Cassie che, infilandosi sotto al mio braccio, raggiunge gli altri in salotto. James rimane immobile di fronte a me anche perché io non do segni di volerlo lasciar passare.

«Che cos'è questa? Una mossa per tentare di convincermi a vendere?» Mi mordo le labbra nervosa. «Sono queste le tue intenzioni? Perché ti avviso fin da ora, non funzionerà!»

Alle mie parole il suo sorriso si spegne. Mi fissa gelido.

«Credi davvero che userei mia figlia per riuscire a concludere i miei affari? Comunque sei stata tu a invitarla, io...»

«No, in realtà non sono stata io!»

Poco importa ormai. Come potevo pensare che la bimba con la nonna fosse proprio figlia sua? Non immaginavo nemmeno che avesse una figlia! O una moglie! Non ho fatto caso se porta la fede al dito oppure no... Non mi sembra, ma...

«Ho capito. Nessun problema, ce ne andiamo...» Si sporge lateralmente per guardare all'interno. «Cassandra!»

Oddio, cosa sto facendo? Non posso lasciarli andare via. Cioè lui sì, potrei. Ma la piccola? Già mi immagino, mi guarderebbero tutti come se fossi un demonio. Diventerei io la strega cattiva che manda via un povero papà con la sua piccolina! Mentre è lui, è lui…

«No, ormai siete qui… Non andate via, però…» Cerco di schiarirmi le idee. E spero che lui acconsenta e non mi metta nei guai, almeno per questa sera. «I miei amici… sono anche miei dipendenti… Non sanno ancora dei problemi dell'azienda, vorrei aspettare almeno dopo Natale. Quindi… ti prego, non dire niente.»

«Tranquilla.» Lo sguardo gelido scompare e poco alla volta torna a sorridere. Ha un gran bel sorriso, devo ammetterlo. Mi distruggerà l'esistenza ma almeno lo farà con un sorriso disarmante. «Ho portato un dolce.»

Solleva un sacchetto che teneva in mano e non avevo notato.

«Grazie, James.»

Mi sposto per lasciarlo passare. E per un istante vorrei che non fosse il mio attuale nemico numero uno. E vorrei anche che non fosse sposato, fidanzato o comunque impegnato con la madre di Cassie. Ma soprattutto vorrei non avergli fatto passare l'inferno nei primi due anni di liceo.

Nel corso della serata mi accorgo che del povero Jimmy Jumbo, perseguitato e schernito continuamente, non è rimasto proprio più nulla. O quasi. Resta la gentilezza, il modo cortese di porsi e di prestare attenzione a tutti che non era molto comune in un ragazzino di quindici anni. Di questo mi ero resa conto anche vent'anni fa. Ma io ero io. Una delle ragazze più corteggiate e desiderate della scuola. Lui faceva parte dei poveri sfigati che le prendevano sempre.

Mi sento a disagio. Enormemente a disagio. James, come promesso, non accenna ai nostri problemi con l'azienda. Non accenna nemmeno al fatto di conoscermi già da prima, di avermi incontrata nella mia fase stronza presuntuosa e un po' troietta. Lui e Cassie stanno concentrando tutta l'attenzione degli altri, forse perché rappresentano la novità. O forse perché la bimba è tanto vivace quanto dolce e lui ha fascino da vendere.

Ma come ha fatto Jimmy Jumbo a diventare così? Ha seguito un corso? Lo hanno rapito gli alieni? È diventato anche molto più alto e ha quel fisico che… Insomma, con i jeans e quel maglione azzurro a rombi sembra ancora più prestante. Lo so, mi ha spiegato che non avrebbe più sopportato di essere maltrattato come abbiamo fatto noi qui tanti anni fa, allora si è messo a fare sport e ha cercato di migliorare in tutto. Però… quanto deve aver sofferto per impegnarsi a cambiare, a trasformarsi da timido e impacciato a così sicuro e intraprendente. Non deve essere stato facile. Inoltre il suo non è stato solo un cambiamento fisico. È diventato attraente nella sua totalità, anche nei gesti, nel modo di porsi e di interagire con gli altri.

Che cosa mi sta prendendo? Quello è l'uomo che mi vuole rovinare! Non posso incantarmi così, perdermi a guardarlo e fantasticare su di lui! Maledizione, che cretina! Se si rende conto di aver suscitato questa mia strana "ammirazione" nei suoi confronti la userà contro di me! Mi vuole rovinare, distruggere, annientare, fare a pezzi, sterminare…

«La bambola Sandy è qui?»

Cassie, che per un bel po' era stata coinvolta dal discorso di George sulle case delle bambole e impegnata a divorare brownies, torna improvvisamente a interessarsi a me. Anzi, alla mia bambola.

«No, è…»

Ben nascosta, al sicuro nella mia camera. E adesso cosa faccio? Avrebbe dovuto dimenticarsene!

«La voglio solo vedere un attimino.»

La vocina di Cassie si fa tenerissima. Che piccola manipolatrice! Tutti gli occhi ora, ovviamente, sono puntati su noi due.

Certo, un attimino. Un attimino sufficiente per portarmela via e per farmi passare per una stronza senza cuore se non te la cedo più che volentieri.

«Va bene, io vado…»

Indico la mia stanza. Non voglio, ma devo andare a prenderla. Perfetto! Il padre vuole la mia azienda, la figlia la mia bambola. E ora io che sono la vittima passerò per la cattiva se non acconsento!

Più che "vederla un attimino" se la tiene in braccio per il resto della serata. Finché quasi ci si addormenta in un angolo del divano. E io temo che la lasci cadere, che la rompa, che ne farà una tragedia se solo oso sfilargliela dalle braccia.

«Credo sia ora di andare...» James conclude la conversazione che sta intrattenendo con Marcel e George e si avvicina a Cassie, intenzionato a prenderla in braccio. Cerca di fare in modo che la piccola allenti la presa sulla mia Sandy.

«No, no...»

Ecco, come sospettavo. La piccola apre appena gli occhi e accorgendosi del gesto del padre, inizia a lamentarsi.

Temo sia arrivato il momento in cui io dovrei dire: "Ma no, James, lasciagliela. Non c'è nessun problema..." E non voglio. Insomma, è sempre stata mia!

«Cassie, cosa ti ho insegnato? Non si fanno i capricci. Restituisci la bambola ad Alex, da brava.»

James inaspettatamente mi precede. Cassie gli rivolge un'occhiata tristissima e delusa, ma non si mette a piangere. Fa un gran sospiro sconsolato, poi annuisce.

«Va bene, papà. Sono brava.»

A malincuore lascia andare la mia Sandy e James la riconsegna a me.

Mi sento un mostro, o quasi. Dovrei lasciargliela. Dovrei regalargliela, in fondo è solo una bambola. Però…

«Posso rivederla ogni tanto?» Cassie, in braccio a James, allunga le braccia verso di me. O verso Sandy, non è chiaro. «Tu somigli alla bambola stasera, Alex. Hai i capelli e il vestito quasi uguali.»

Mi esce una vocina tenera, sembra quasi che io stia imitando Cassie in questo momento.

«Certo, tesoro. Puoi rivederla quando vuoi.»

No che non puoi! E nemmeno lui può! Perché lui le vuole distruggere le mie bambole, annientando anche me nel frattempo! In che casino mi sto mettendo?

Quando se ne vanno in casa mia regna una sorta di silenzio accusatore e tutti gli occhi sono puntati su di me. Eh no, insomma! Non potevo dargliela vinta! James stesso ha detto che non si fanno i capricci! Perché mi guardano tutti così, allora? Io non ho fatto i capricci!

«Che tenerezza quella bimba…» Kate è la prima a dire qualcosa. Non che mi faccia stare meglio ma almeno rompe il silenzio.

«E che gran pezzo d'uomo suo padre!» esclama Adele, addentando un biscotto al cioccolato.

«Adele!» A quanto pare sono l'unica sconvolta da ciò che ha appena detto, gli altri ridacchiano divertiti.

«E che ho detto?» Adele si unisce alle risate e si stringe nelle spalle. «Se avessi trent'anni di meno io ci proverei! Non gli ho visto la fede al dito, sarà separato. Sono tutti separati di questi tempi!»

«Già… lo sono anch'io!» Ma lui? Sarà separato? «Magari lui no. Magari non porta la fede, semplicemente.»

Cerco di ricompormi. Cosa mi tocca sentire! Adele che ci proverebbe con Jimmy Jumbo. Questa serata potrebbe essermi fatale.

«Adele ha ragione. Credo che ci proverei anch'io, in effetti.»

Cosa? Pure Leah? No, basta. Questo è un incubo!

«È davvero un uomo molto carino.» Kate si unisce al coro, ovviamente. «Se io non fossi interessata già a un altro, forse…»

«Simpatico, sì. E sa stare in compagnia.» Anche George esprime il suo parere.

Ecco, chi manca? Marcel. Possibile che non abbia nulla da dire? Per fortuna almeno lui tace. Però mi guarda, si sistema gli occhiali sul naso e sembra meditare su chissà cosa.

Quindi, ricapitolando. Cassie vuole portarmi via la mia bambola. James Jenkins vuole portarmi via l'azienda. Ed entrambi, temo, mi abbiano già portato via anche gli amici.

«Perché non fondate un club, visto che vi piace tanto?»

Mi esce la voce stizzita questa volta. Credo che l'effetto sia anche voluto. Non voglio quell'uomo e sua figlia nella mia vita. Vado a rifugiarmi nella mia stanza con la scusa di riporre Sandy al suo posto. Questa storia deve finire, su questo non c'è dubbio. Mi devo liberare di loro in qualche modo. Il problema è che non so ancora come.

CAPITOLO 8

Ho dormito poco e male. Ho avuto gli incubi. La mia bambola Sandy prendeva vita e mi diceva espressamente che non voleva più restare con me, ma aveva deciso di trasferirsi da James per stare con Cassie. Così non sono più riuscita a riaddormentarmi. E dalla bambola i miei pensieri si sono trasferiti su James. Ecco, ora ho iniziato a chiamarlo James anche nella mia mente. Non riesco più a identificarlo con Jimmy Jumbo. Chissà dove si trova sua moglie, comunque. Cassie non ha accennato a una mamma, per quanto sono riuscita a capire. Ma magari è stato solo un caso. Magari ne ha parlato quando io non l'ho sentita. Le battutine di Adele e Leah non significano nulla, non significano certo che James sia libero o disponibile. Meglio non pensarci, quindi.

E poi... e poi perché accidenti ci sto pensando? Prendo il cuscino da dietro la testa e lo lancio nel vuoto. Devo ordinare alla mia mente di fermarsi. Certi pensieri non si fanno! Neanche per scherzo! Anzi, ora mi alzo e vado a farmi una doccia gelata, se prendo l'influenza chi se ne frega!

Che ore saranno? Controllo la sveglia sul comodino, sono solo le sei appena passate. Ho tutto il tempo di fare le cose con calma, almeno per una volta. Mi metto a sedere. Nella penombra individuo la mia bambola come sempre seduta sulla poltroncina.

«Davvero preferiresti andare a stare con Cassie? Dimmi la verità. Forse io sono diventata troppo vecchia, noiosa e anche un po' squilibrata... Non ti tratto più bene ultimamente. Non gioco più con te... Quindi sappi che ti capisco se vuoi andartene da una bambina dolce e carina. Io non sono più così da tanto tempo. Anzi, forse non lo sono mai stata.»

Sto davvero parlando con una bambola? Sì, e quasi pretendendo che mi risponda. Se vado avanti così finirò in manicomio. Però devo ammettere che quella bambina in fondo ha buon gusto. La mia Sandy è ancora bellissima nonostante gli anni. Una parte di me gliela regalerebbe, però... Se solo riuscissi a trovare una soluzione, un compromesso. Mi metto in ginocchio e gattono fino ai piedi del letto, allungo le braccia per prendere Sandy dalla poltroncina di fronte a me. Sospiro e la osservo attentamente, poi la bacio sulla fronte e la ripongo al suo posto.

«Forse mi è venuta un'idea.»

Solo una. Non so come la prenderà Marcel, ma chiedere non costa nulla. Una bella doccia rigenerante, poi vestita, truccata e pettinata, prima delle sette mi avvio verso l'azienda. Portando la bambola Sandy con me.

Marcel è sempre il primo ad arrivare e ad aprire. Infatti lo incontro appena varcato l'ingresso. I suoi occhi si posano su di me, subito dopo sulla mia bambola. Cercherò di essere convincente e determinata anche se temo che sarà contrario, profondamente contrario. E io sebbene sia il capo, non lo posso obbligare se non vuole.

«Marcel…» Inutile tergiversare. Già mi guarda come se intuisse che la mia richiesta sarà molto particolare e piuttosto importante. Decido di lanciarmi. Del resto solo lui qui dentro sarebbe in grado di farlo. «Io ho pensato di riprodurre una bambola uguale a Sandy. Solo una. Per la piccola Cassie.»

Marcel sa bene cosa ha significato quella bambola per mia madre. Sa che è un modello destinato a restare unico e non riproducibile. Non accetterà. Ma io dovevo provarci, almeno.

Mi fissa serio. I suoi occhi scuri sembrano scrutarmi per istanti interminabili, dietro agli occhiali.

«Va bene. Solo una. Per Cassie. Io ci proverò.»

Quasi non ci credo, mi aspettavo un netto rifiuto da parte sua. Devo ammettere che le persone, anche quelle che credo di conoscere bene, da tutta una vita, riescono a sorprendermi sempre.

«Grazie, Marcel. Tu credi che riuscirai a crearla prima di Natale?»

Forse sto esagerando, ma se la bambina avesse la bambola per Natale ne sarebbe felice. Sarebbe felice anche dopo suppongo, ma forse perderebbe un po' di significato e di magia. Il Natale è la festa dei bambini.

«Mi metterò immediatamente al lavoro, conosco bene il modello. Farò in modo che la piccola abbia la sua bambola per Natale, come l'hai avuta tu.» Marcel annuisce e sorride appena. «Alexandra… Quell'uomo, il padre di Cassie… è stato qui, l'ho riconosciuto. Credo che ti aiuterà, si vede che è una brava persona.»

«Mmh… sì, forse. Lo spero.»

No, per niente. Se solo Marcel conoscesse le intenzioni di James! Ma non posso, non posso dirglielo ora. Magari rifiuterebbe di creare una copia di Sandy. Cassie non ha nessuna colpa, è solo una bambina. Una bambina che desidera tanto una bambola. E io non lascerò che gli affari tra me e suo padre distruggano il suo sogno. Marcel le farà una copia della mia Sandy, entro Natale. Fosse anche l'ultima bambola prodotta dalla "Rosie's Dolls". Poi racconterò la verità a Marcel e anche agli altri. Del resto qualche giorno in più o in meno non cambierà la situazione. L'unica differenza è che la piccola Cassie avrà la sua bambola di Natale.

CAPITOLO 9

Ho mandato un messaggio a James per informarlo della mia decisione. Non riguardo all'azienda, ma alla bambola che ho deciso di far preparare per Cassie. Avrò bisogno della sua collaborazione perché sia una vera sorpresa per la bambina. Il messaggio è stato spedito questa mattina. Ho controllato più volte il cellulare, l'invio è stato effettuato correttamente. Mi sembra strano non aver ancora ricevuto alcuna risposta da parte sua.

In negozio la situazione non procede molto bene. Sono entrate davvero poche persone oggi. Temo che quelli della "Masterpiece Toys" se lo prenderanno insieme all'azienda, mi porteranno via proprio tutto.

Cerco di mostrarmi serena con Leah, Kate e Adele. Ma è difficile, se non quasi impossibile. Mi conoscono bene, fra un po' capiranno. Devo controllarmi meglio e mostrarmi allegra. Continuo a muovermi per tenermi impegnata e tentare di evitare un contatto diretto. Aggiusto i festoni, risistemo la vetrina, continuo a cambiare musica natalizia, seguo la costruzione della nuova casetta da parte di George ma non rimango ferma in un posto troppo a lungo. Il tutto per non farmi coinvolgere in una conversazione troppo impegnativa e per non mostrare che non sono affatto tranquilla purtroppo.

Sento aprire la porta e mi volto. Inaspettatamente questa volta sono Cassie e James. Lei sorride, mi corre incontro e mi abbraccia. Non vorrei che James le abbia già detto qualcosa a proposito della bambola. Gli avevo chiesto di non farlo, nel messaggio.

Mai che sappiano mantenere i segreti gli uomini! Invece no, è stato zitto per fortuna. Cassie non sa ancora nulla, altrimenti non si sarebbe trattenuta. Intanto James mi scruta serio, distaccato. Il suo atteggiamento oggi è completamente diverso da quando si è presentato per la serata a casa mia.

«C'è un posto dove possiamo parlare?»

Anche il suo tono è cambiato. James, al contrario della figlia, non sembra particolarmente contento di vedermi. Anzi. Mi chiedo che cosa sia successo. Magari un ultimatum della "Masterpiece Toys"? Oggi o mai più? Non mi importa se ritireranno la loro meravigliosa offerta a questo punto. Forse sono un'irresponsabile, però non me la sento di vendere. Non a loro e soprattutto non ora.

«Sì, di là. Ho un piccolo ufficio sul retro.»

Gli indico una porticina dietro al bancone. Il mio piccolo ufficio sul retro del negozio in realtà sembra ancora più simile a un magazzino dell'ufficio dell'azienda. Ma non importa. Se lo portassi nello stanzino del personale rischieremmo di essere interrotti o ascoltati. E dalla sua faccia inizio a prevedere che la conversazione sarà fin troppo seria.

Mi segue, lo lascio entrare, accendo la luce e richiudo la porta.

«Allora?»

«Vorrei una spiegazione, Alexandra.»

È scuro in volto, davvero del tutto diverso da ieri sera. O forse ieri sera si è trattenuto perché c'erano gli altri.

«Se ti degnassi di spiegarmi…»

Incrocio le braccia e sospiro. Non mi piace che mi guardi così. Quel gelo nei suoi occhi azzurri mi mette quasi paura.

«Cos'è questa storia che vuoi riprodurre la tua bambola per mia figlia?»

Il tono di voce è aspro, più di quanto ricordassi. Ancora di più di quando minacciava di portarmi via tutto con la sua "Masterpiece Toys" nel corso del nostro primo incontro.

«Io… volevo solo farle una sorpresa, visto che le piace tanto…»

Cosa c'è di male in questo? Sono perplessa, non comprendo cosa ci sia di sbagliato.

«Credi che non abbia capito?» In effetti no. Non ho capito. «Credi che non sappia che cosa hai in mente?»

«Va bene, se tu lo sai spiegalo anche a me perché io proprio non ne ho idea, non ci arrivo!»

Mi sento offesa dal suo tono. Umiliata. E quel che è peggio è che non ho ancora capito di che cosa esattamente vengo accusata.

«Tu vuoi creare quella bambola per Cassie per corrompere me! Ti conosco, Alexandra. Tu hai sempre fatto così! Qualche lusinga, qualche complimento, qualche sorriso… pur di raggiungere i tuoi scopi.»

Fa un passo verso la mia direzione e sgrana gli occhi azzurri. È arrabbiato. Come non lo avevo mai visto prima.

«Cosa? No, io…»

Mi mordo le labbra. Mi viene quasi da piangere. Non ci avevo nemmeno pensato. Volevo solo che la bambina avesse la bambola che desiderava. Come può averlo pensato? Per chi mi ha presa?

Ovvio. Dalle sue parole mi sembra evidente. Mi ha presa per la Alexandra Riley che lo derideva, ma poi gli sorrideva e lo lusingava per manipolarlo e costringerlo a passarle i compiti. Infine, raggiunto l'obbiettivo, lo lasciava pestare dal suo ragazzo e dagli altri suoi amici. Ecco per chi mi ha presa. Abbasso lo sguardo mentre lui rimane in silenzio.

«Io… dirò a Marcel di non fare niente…»

Gli volto le spalle e fingo di sistemare qualcosa di inesistente su un tavolino nell'angolo. Vorrei mettermi a piangere ma da sola, non di fronte a lui.

«Alexandra, ascolta…»

Lo sento sospirare e avvicinarsi. Il suo tono ora è cambiato. Ma io mi sento ferita. E la verità è che non ha avuto tutti i torti a pensare così male di me. Anche io lo avevo pensato di lui, del resto, solo ieri sera. Ma accidenti! Mi considera davvero una persona così cattiva da coinvolgere una bambina nei nostri affari?

«Ho detto che non farò più niente, chiaro?» Mi volto di scatto e lo affronto. Ora la voglia di piangere mi è passata. Ora sono furiosa e lo prenderei a sberle. Nonostante i suoi sospetti siano stati leciti, detesto l'idea che mi abbia ferita così, quando le mie intenzioni erano buone e oneste. «Quindi evita di rompere. Ho afferrato il messaggio e ho capito cosa pensi di me. Io non faccio più niente né per te né…»

Sono obbligata a fermarmi. Cassie, ferma sulla porta, ci osserva con espressione assorta.

«Vi cercavo… State litigando?»

«No, no…» Mi sforzo di sorridere e scuoto la testa convinta.

Sto solo cercando di non prendere a botte tuo padre, tesorino. Tanto è grande e grosso adesso e saprebbe difendersi. Ma non ci sto litigando.

«No, Cassie. Io e Alexandra stiamo solo avendo uno scambio di opinioni.»

James la guarda e sorride. Uno scambio di opinioni? È questa la sua definizione di ciò che stava accadendo tra noi? Crede davvero di mostrarsi convincente?

«No, Cassie. Io e Alexandra stiamo solo avendo uno scambio di opinioni.» Cassie ripete la frase di James parola per parola, tentando pure di imitarlo nell'atteggiamento e nel tono di voce. «Mi devo ricordare, così quando urlo agli altri bambini all'asilo posso dire la stessa cosa alla maestra. Va bene, papà?»

Mentre James aggrotta la fronte e la fissa severo io non riesco a trattenermi e scoppio a ridere. Ecco, colpito e affondato da una bambina di cinque anni! Cassie mi imita e ride di gusto, poi corre fuori.

«Georgino... mi fai vedere l'interno della casetta nuova delle bambole?»

James si volta verso di me, sbuffa contrariato poi sorride.

«Mi dispiace. È che... Cassie si sta legando troppo a voi, a questo posto. E troppo in fretta anche. Ne è rimasta affascinata. Non fa che parlarne e io non penso che dovrebbe.»

«Lo so, anche perché ben presto non esisterà più nulla di tutto questo.»

La frase mi esce prima di aver tempo di riflettere e trattenerla. Ma in effetti è la verità, non un tentativo di manipolazione nei suoi confronti.

«Mi dispiace, davvero. Anche per quello che ho detto prima, non avrei dovuto.» James ora sembra comprendere il mio disagio, si avvicina e appoggia la mano sulla mia spalla. Abbassa la testa per cercare il mio sguardo ma io lo sfuggo. Non voglio, non mi va. Mi sento fragile, mi sento inadeguata. E non me ne faccio nulla della sua pietà! «Alexandra… Vorrei che si potesse fare qualcosa che non sia quello che ti ho già proposto, ma non c'è alternativa. Magari sul negozio si può ancora arrivare a un compromesso…»

«No, James. Lascia stare. Io…» Mi passo le mani sul viso, spero di essere riuscita a ricompormi almeno un po'. Non voglio la compassione di nessuno, tantomeno la sua. «Comunque, forse non dovresti venire più qui con Cassie. Gli altri non sanno ancora quello che sta succedendo davvero e lei… non sa che questo posto presto non esisterà più o diventerà molto diverso da com'è ora. Almeno eviterà di legarsi troppo a noi, come hai detto tu.»

«Lo so, ma è stata lei a insistere e non sono riuscito a distoglierla. Quando si mette in testa una cosa è difficile convincerla a cambiare idea.» Si porta le mani alla testa, passandosele tra i capelli. «Io non sono bravo con lei… cioè, faccio del mio meglio ma…»

Mi sorge il dubbio che Cassie abbia preso tutta la testardaggine e l'ostinazione proprio da lui, considerato come è riuscito a cambiare nel corso degli anni.

«Forse… forse dovresti lasciarla con sua madre più spesso…»

E forse io dovrei farmi gli affari miei una volta tanto! Chi sono per interferire nella sua vita privata? Ma ormai ho parlato e non posso più ritirare quello che ho detto.

«Lo farei volentieri, Alexandra.» James non si scompone e non si irrita. Mi fissa serio negli occhi ma rimane tranquillo. «Lo farei, se solo fosse ancora viva.»

CAPITOLO 10

Che razza di stupida! Stupida, cretina, idiota, imbecille, insensibile! Tra tutte le opzioni possibili quella che la madre di Cassie potesse essere morta non mi aveva proprio sfiorata! È una bambina tanto allegra, tanto vivace e solare che proprio non ho considerato quell'eventualità.

James è uscito dal mio pseudo ufficio prima che io potessi trovare qualcosa di intelligente da dire per rimediare il danno. Credo di aver borbottato un "Mi dispiace" appena percettibile e poco convinto. Ero troppo impegnata a prendermi mentalmente a parolacce.

Quando decido di ripresentarmi in pubblico di lui non c'è più nemmeno l'ombra. Cassie invece c'è ancora, sento la sua voce provenire dall'angolo del negozio in cui sta lavorando George.

Mi guardo intorno avvilita, poi abbasso gli occhi, come se portassi impresso in fronte il marchio della mia colpa e tutti potessero riconoscerlo e condannarmi per superficialità e mancanza di empatia.

«Sandy...» Mi sento una bambina o poco più quando Leah mi chiama così. Anche al liceo mi facevo chiamare così, ma è un periodo della mia vita che non sono certa di voler ricordare ora. «James è andato via, aveva un impegno di lavoro. Gli ho detto io di lasciare qui Cassie, sua suocera si sente poco bene oggi. Possiamo occuparcene noi. Ho fatto bene, vero?»

«Mmh…» Devo dire la verità al più presto, almeno a Leah. Non si può andare avanti così, non è giusto per nessuno.

«E per stasera li ho invitati a cena da me. Anche tu e gli altri siete invitati, ovviamente.»

Leah inclina il viso e sorride. Io non voglio che si affezioni a Cassie. Temo che le ricordi me da piccola. Ma io la deluderò, James ci distruggerà e lei perderà la piccola Cassie. Tutti quanti la perderanno. Avrei dovuto impedire che si affezionassero a lei. Forse sono ancora in tempo, però. In fondo sono solo due giorni che l'abbiamo intorno.

«Leah, noi dovremmo parlare seriamente.» Anche James però! Perché ha accettato quest'altra cena? Non poteva inventarsi una scusa? Non era stato proprio lui a ritenere inappropriato un coinvolgimento eccessivo? «La verità è che…» Devo dirlo, almeno a lei. «James non è nostro amico, non lo è affatto. Lui è il consulente finanziario della "Masterpiece Toys" e sta tentando di convincermi a vendere a loro. Mi rovinerà e noi perderemo tutto.»

«No Sandy, non James. Lui non è così. Non è mai stato così. Tu non lo conosci.» Ma cosa sta dicendo? Cosa ne sa Leah? Resto in silenzio, attonita, mi passo una mano sulla fronte mentre Leah riprende a parlare. «Io me lo ricordo quel ragazzo, anche se è tanto cambiato. James Jenkins. Conosco bene i suoi genitori, Sandy.»

«Ah…» Perfetto. Quindi io tentavo di tenere all'oscuro Leah anche a proposito dell'identità di James e ora scopro che lei sapeva già tutto.

«È cambiato davvero tanto, è diventato un gran bell'uomo. Ma non ci farà del male se potrà evitarlo, io mi fido di lui.»

Leah è buona d'animo e crede che tutti siano come lei. Si sta facendo troppe illusioni a proposito di James. Lui non è più il ragazzino innocente e remissivo di un tempo.

«Io non ne sarei tanto sicura, Leah.» E ho i miei buoni motivi! «Tu forse non lo sai, ma io… l'ho trattato malissimo quando andavamo a scuola insieme. Figurati che non ricordavo nemmeno il suo vero nome, nemmeno mi importava. Io lo obbligavo a passarmi i compiti visto che era bravo a scuola, lo illudevo di degnarlo delle mie attenzioni per estorcergli qualunque cosa di cui avessi bisogno. I miei amici lo hanno picchiato, più di una volta… Lo abbiamo sempre deriso e bullizzato, quando gli andava bene lo ignoravamo. Quindi ora che ne ha la possibilità, utilizzerà tutti i mezzi a sua disposizione per farmela pagare. Lo abbiamo trattato in modo orribile.»

«No, io non credo. James non mi sembra un uomo vendicativo, Sandy.»

Leah scuote la testa convinta. Possibile che James faccia buona impressione su tutti? Anche Marcel questa mattina lo ha catalogato come "brava persona".

Lascio cadere il discorso. Tanto è inutile proseguire. Purtroppo Leah, Marcel e gli altri dovranno scontrarsi con la realtà dei fatti presto. E io non posso fare nulla per proteggerli. Io posso solo lasciare che accada.

Sono stata tentata di rinunciare alla cena a casa di Leah. Di inventarmi una malattia qualunque. Un po' di febbre, il mal di testa… Oppure una scusa o un impegno urgente. Invece poi ho deciso di andarci. Mi sono infilata i jeans e un maglione rosso di lana, con il collo alto. Fa davvero freddo oggi e non voglio rischiare di ammalarmi davvero.

Da quando sono arrivata ho la sensazione che Leah stia complottando con Adele e Kate per lasciare me e James da soli. Stanno diventando inquietanti quelle tre associate contro di me. Se si sono messe in testa di trovarmi un fidanzato, James Jenkins non è proprio la persona che fa per me. E io non sono la persona che fa per lui. Saremmo incompatibili per una lista di motivi troppo lunga da spiegare. Spero che arrivino a capirlo da sole, al più presto.

Mentre ci avviamo tutti verso la sala da pranzo della villetta di Leah, mi sposto di lato per lasciare passare gli altri, compreso James. Che invece di approfittarne, si sposta a sua volta nello stesso punto per lasciare passare me. Così ci ritroviamo entrambi all'ingresso del salotto. Io cerco di distogliere lo sguardo da lui, dai suoi occhi su di me.

«Voi due... siete sotto il vischio!» Adele appena arrivata al tavolo, si volta verso di noi, ci guarda e batte le mani entusiasta.

No, no. Non siamo sotto il vischio. Invece, eccolo lì. Sollevo lentamente la testa e lo vedo. L'osservo come se non ci fosse stato prima, come se fosse magicamente apparso dal nulla. Io ora me lo mangio il vischio, al posto della cena!

Intanto anche gli altri si voltano a guardarci.

«Lo sapete cosa dovete fare, ragazzi... è una tradizione!» No Kate, non lo sappiamo. Perché non ce lo spieghi tu?

Io so solo che vorrei che in questo momento si aprisse un varco per lasciarmi sprofondare nella cavità più remota della terra.

«Vi dovete baciare, vi dovete baciare!» Cassie saltella e imitando Adele inizia a battere forte le mani. Oddio, quella bambina ne sa una più del diavolo!

Per evitare gli sguardi degli altri che attendono una nostra mossa, torno a fissare questo stronzo di un vischio sopra la mia testa. Poi, scendendo leggermente, i miei occhi si incrociano con quelli di James. Sento le guance andare a fuoco.

«Ti va di baciarmi, Sandy Riley?»

Mi guarda con una luce negli occhi che non gli avevo mai visto prima. Ma poi... Sandy Riley mi ha chiamata? Come al liceo. Ma con questa voce ora così profonda, così sensuale.

«Io... mmh... sì... c'è il vischio... la tradizione...» Sospiro e sollevo il viso verso di lui.

Non ho nessuna voglia di baciarlo! Proprio nessuna! Non con sei persone che ci guardano e non aspettano altro. Sua figlia di cinque anni compresa! Ma perché mi devono succedere queste cose? Cosa ho fatto di male nella vita? Domanda idiota. Lo so, lo so da me cosa ho fatto di male nella vita, ma non posso, non voglio che...

Inaspettatamente James mi solleva il viso con due dita e senza staccare gli occhi dai miei avvicina le labbra alle mie. Mi sento quasi scivolare all'indietro. No, sono le mie ginocchia. Ho perso sia il controllo sia l'equilibrio e non so dove aggrapparmi. Non posso appoggiarmi a lui, posare le mani sul suo petto. In qualche modo riesco comunque a restare in piedi e socchiudo gli occhi in attesa. Un istante dopo mi ritrovo un bacio stampato sulla guancia.

«Andiamo a mangiare, Sandy Riley.» Si volta verso di me mentre si incammina verso il tavolo dove, nel frattempo, gli altri hanno cominciato a sedersi. «Io sto morendo di fame, tu?»

CAPITOLO 11

Mi ha presa in giro! Probabilmente gli altri non se ne sono nemmeno accorti, ma io sì. Insomma, non che mi aspettassi un bacio vero, però... Il modo in cui mi ha sollevato il viso e mi ha guardata negli occhi, poi ha avvicinato le labbra alle mie. Quelle labbra... io avrei voluto davvero...

Gli altri stanno trascorrendo una serata piacevole. Tra giochi, canti e racconti divertenti. L'atmosfera è calda e serena. Io tra loro mi sento quasi un'estranea, cosa che non mi era mai accaduta prima. È come se, anche stasera, James e Cassie mi avessero rubato l'attenzione dei miei migliori amici.

Sono stanca e mi fa male la testa. I pensieri e le preoccupazioni non mi concedono tregua. Mi sta dando tutto fastidio in questo momento. Mi avvio verso l'ingresso, prendo la giacca e decido di uscire in veranda, nonostante il freddo, per riprendere fiato qualche minuto.

Mi appoggio al parapetto in legno con i gomiti e guardo il cielo. Sembra quasi nero tanto è buio e senza stelle. L'aria è talmente gelida che mi chiedo se si deciderà a nevicare nei prossimi giorni. Mi sento sola in questo momento, come non mi sentivo da anni. Forse perché non posso condividere i miei problemi con nessuno. Gli altri non sanno, non capiscono o forse proprio non si rendono conto. Continuano a illudersi, credono che alla fine tutto si risolverà per il meglio. Anche io lo credevo, un tempo. Invece...

«Ehi...» James mi affianca e si volta verso di me.

Perché è uscito?

«Mmh...»

Non sono in vena di conversazione, soprattutto con lui. Gli rivolgo una rapida occhiata poi torno a fissare il cielo. Spero che se ne renda conto e rientri.

«Hai degli amici fantastici.» Sorride e si volta completamente verso di me. «Cassie li adora, tutti quanti. Di solito non è così socievole. Cioè... lo è ma non così...»

«Sì, direi che in quanto a scelta degli amici da frequentare sono migliorata con gli anni.»

Mi dispiace avergli dato questa risposta quasi seccata e decisamente un po' troppo allusiva. Ma non mi sento bene e non riesco nemmeno a fingere.

«Io non volevo...» Si appoggia al parapetto con le mani, senza però staccare gli occhi da me. «Se ti ho offesa in qualche modo, mi dispiace.»

«No, sono io. Ed è la situazione. Perderò l'azienda e deluderò tutti.» Abbasso il viso, non me la sento di guardarlo in faccia. «E lo so che è tutta colpa mia. Non sono stata capace di gestire gli affari, di innovarmi...

Gli altri pensavano che andasse tutto bene mentre niente andava bene. Io me ne sono accorta, ma sono stata zitta, non ho detto nulla, credendo che in qualche modo la situazione sarebbe migliorata da sola, come per magia… Che tutto sarebbe tornato come prima... ma quel prima risale a molti anni fa, ormai.»

«Sei stata ingenua, Alexandra. Questo sì. E la tua colpa, se davvero te ne vuoi dare una, è stata l'inesperienza.» Si ferma, lo sento più vicino a me. Ma ancora non lo guardo, non oso. «E il fatto che i tempi cambiano purtroppo, fin troppo in fretta. Se non stai al passo la concorrenza ti annienta, prima moralmente poi fisicamente. In tutti i campi, spesso non è facile sopravvivere. Ma bisogna comunque imparare, non lasciarsi abbattere dalle circostanze. Essere forti.»

«Tu lo sei, James. Più di chiunque altro io abbia incontrato nella mia vita. Forse perché tu sei stato abituato ad essere forte, io invece no.» Da un po' ci penso. Anzi, da quando l'ho rivisto. Se la situazione fosse stata opposta, se fossi stata io a subire quello che ha subito lui… non so come ne sarei uscita. Probabilmente non ne sarei uscita affatto. «Mi dispiace, James. Non so dirti quanto.»

Mi mordo le labbra e scuoto leggermente la testa. Continuo a tenere il viso ostinatamente abbassato. Ora penserà che io stia cercando nuovamente di lusingarlo per corromperlo. Ma che importa ormai? Pensi quello che vuole…

«Non ha più importanza, ormai. Davvero, sono passati tanti anni. E prima, quando ti ho chiamata Sandy… non volevo alludere a nulla. Nella mia mente ti ho sempre chiamata Sandy, forse non sarebbe dovuto uscirmi, ma…»

«Mia madre mi chiamava Sandy, come la mia bambola di Natale.» Accenno un sorriso e mi stringo nelle spalle. «Anzi, è la mia bambola di Natale a chiamarsi come me. Qualche volta Leah mi chiama ancora così. Al liceo…» Non vorrei ricordare, ma vorrei che lui capisse. «Io ero tanto orgogliosa di essere Sandy Riley. Forse fin troppo. Mi piaceva essere ammirata da tutti… ma in realtà non riesco a immaginare una ragazzina più stupida, superficiale e crudele di quanto lo sono stata io in quegli anni.»

«Eri una ragazzina, Sandy… Alexandra.» Appoggia la mano sulla mia spalla e la trattiene. «Tutti i ragazzini a quell'età sono stupidi e un po' crudeli…»

«Non è vero. Tu non lo eri.» Sfioro con le dita la sua mano, ancora posata sulla mia spalla. Finalmente trovo il coraggio di voltarmi e guardarlo. «Tu eri buono. Eri gentile e onesto. Tu non sei mai stato come gli altri, James.»

«Ah, lo so bene com'ero!» ride di gusto e alza gli occhi al cielo. «Un disastro totale in tutto, preferisco non ricordare.»

«Non intendevo quello...»

Se solo potessi tornare indietro cambierei il passato. Vorrei tanto che le cose fossero andate diversamente. Ma non posso.

«Non devi essere triste. Hai già abbastanza problemi, Alexandra. Non aggiungere anche quello, smetti di rimproverarti. È passato. Non ha più importanza, ormai.»

Improvvisamente mi accarezza la guancia e io mi sento morire. In questo momento io vorrei, vorrei tanto...

«Tu questa l'hai ancora, però.»

La sua cicatrice sullo zigomo attira la mia attenzione. Ci passo sopra un dito e sospiro. Perché non posso cambiare il passato? Perché?

«Sì, e dovrei proprio ringraziare chi me l'ha fatta! Quel Bryan Collins... Non hai idea quante conquiste mi ha permesso di fare in America, qualche anno dopo. Le ragazze la trovavano attraente!»

La prende anche sul ridere. Io invece non sopporto quello che gli abbiamo fatto. Non sopporto neanche me stessa in questo momento.

«Non dirmelo, non lo voglio sapere quante ragazze...» sospiro e mi mordo le labbra. Quante lo hanno trovato attraente come lo trovo io ora? No, non lo voglio proprio sapere.

«Va bene allora, non te lo dirò. Anche se io so esattamente quanti trovavano attraente te. Li ho contati tutti.» Sorride e mi sfiora la schiena con la mano. Sento il suo tocco nonostante indossi il maglione pesante e la giacca. «Tutti, uno per uno. Giorno dopo giorno per circa due anni.»

«James, io…»

Mi volto decisa e muovo un passo verso di lui. Vorrei davvero un vischio sopra la testa ora. E vorrei baciarlo, accarezzargli il viso. E soprattutto vorrei che non pensasse che lo farei per un secondo fine.

«Ragazzi, siete qui… Stiamo servendo il dolce se ne avete voglia.» George si affaccia dalla porta e ci sorride.

Il dolce, già. Ne abbiamo voglia? Io sì, credo proprio di sì.

«Grazie, George. Arriviamo subito.» James mi indica la porta con la testa. «Entriamo, hai preso abbastanza freddo.»

Dolce, canti natalizi, dopo la nostra breve conversazione la serata procede con maggior tranquillità da parte mia. Aver parlato con lui mi ha fatto bene. Diciamo che la serata con gli altri è ruotata tutta intorno a Cassie. Quella bambina è un catalizzatore di attenzioni e allo stesso tempo quando ti guarda con quei suoi occhioni azzurri così dolci ha il potere di farti sentire unico al mondo. Temo anche di sapere da chi ha preso.

Si addormenta in braccio a Leah che propone a James di lasciarla pure da lei. Potrà usare la cameretta che era stata mia un tempo, quando la mamma lavorava fino a tardi e Leah e suo marito mi tenevano a dormire da loro. James accetta e ci prepariamo tutti per andare a casa. Io sono a piedi, Leah abita solo a pochi isolati da me e avevo voglia di camminare.

«Ti accompagno, se vuoi.» James mi indica la sua macchina.

Io non so cosa rispondere. Vorrei fare due passi a piedi. In realtà temo la sua vicinanza. E soprattutto temo le mie sensazioni nei suoi confronti.

«Va bene, grazie.»

La scusa di andare a piedi non reggerebbe. Ho l'aria intirizzita dal freddo e sono stanca. Suppongo che si veda.

Mi apre la portiera per farmi salire. In pochissimi minuti raggiunge casa mia. Accosta, poi si volta e mi guarda in silenzio. Anche io lo guardo in attesa che dica qualcosa, qualsiasi cosa. Forse dovrei invitarlo a entrare, ma a che scopo? No, direi che non è il caso.

«Sono stato bene questa sera.» Ecco, con questo credo voglia liquidarmi, invitarmi a ringraziare e a scendere dalla sua auto.

«Sì, anche io.»

Sto lottando per cercare un argomento di conversazione. Ma non mi viene in mente nulla oltre al nostro comune passato e ai nostri affari. Entrambi non ci condurrebbero a nulla di piacevole. Annego nella tristezza e nella desolazione.

«Mi piacerebbe…» sospira e aggrotta la fronte, sembra indeciso se proseguire. «Mi piacerebbe che si ripetesse. A te non dà fastidio avere me e Cassie tra i tuoi amici, ogni tanto?»

«No, niente affatto. Se…»

Se non fosse che io ti ho rovinato la vita e presto tu rovinerai la mia…

«Spero che non dia troppo fastidio a George, allora.» Non capisco. Che c'entra ora George? Lo guardo perplessa. «Sandy, non ti sei accorta che quel ragazzo ti muore dietro?»

Mi ha chiamata di nuovo Sandy. Probabilmente gli è uscito spontaneamente, senza accorgersene. Ma George che mi muore dietro? Sta scherzando.

«Ma no! Però a Kate interessa George, di questo sono sicura.»

Io me ne sono accorta, tutto il mondo se n'è accorto. Tutto il mondo tranne George, ovviamente.

«E tu cosa ne pensi?» Mi guarda, come se volesse indagare nella mia mente.

«Sono entrambi miei amici… cosa vuoi che pensi?» In realtà non ci ho mai pensato davvero. Non penso proprio niente in proposito. «Se Kate e George si vogliono mettere insieme buon per loro.»

Dove sta andando questo discorso? Io vorrei... Sì, io vorrei sapere di lui, se c'è qualcuna. Cioè so che la madre di Cassie è morta e io non so neanche come, però... No, affrontare il discorso così a bruciapelo è fuori questione. E poi che motivo avrei?

«Tu invece stai...» Si stringe nelle spalle e non prosegue.

«No, io... mi sono sposata durante i primi anni di università. Ero giovane e abbastanza stupida ancora. Insomma, è stato quasi un gioco.»

Oddio era veramente questo che voleva sapere? Se sto con qualcuno? Oppure la domanda era un'altra e io lo sto affliggendo con le paranoie della mia vita privata?

«Non ha funzionato? Mi dispiace.» Prosegue la conversazione in ogni caso. Non so se per gentilezza o per reale interesse.

«Non poteva funzionare, mi sono sposata con Bryan Collins.» Sbuffo e incrocio le braccia. «Già mi tradiva al liceo e ovviamente ha continuato. Ma io credevo... non so, forse che il matrimonio facesse crescere entrambi, prima o poi. Credevo potessimo cambiare. Solo che quando l'ho sorpreso la prima volta dopo sposati nel mio letto con un'altra, ho deciso che sarebbe stato molto meglio lasciar perdere. Però non è stato facile accettare di aver fallito.»

«Mi dispiace, Sandy. Davvero.»

«Me la sono andata a cercare. Evidentemente era quello che meritavo in quel momento della mia vita.»

Pretendere che Bryan cambiasse era davvero troppo. Però l'idea del matrimonio, delle promesse, del ricevimento mi attirava. Anche più del timore di soffrire. Invece poi ho sofferto. Di solitudine, di desolazione, di mancanza d'amore. Di tutte le bugie che il mio ex marito ha continuato a raccontarmi, della sua ipocrisia. Dei suoi tentati ritorni, delle sue assurde richieste.

«Io ricordo ancora la collezione di figure da cretino che Bryan mi aveva fatto fare il primo anno.» Non mi chiede altro e sposta il discorso su se stesso. «Si è messo a leggere una lettera che ti avevo scritto in classe davanti a tutti. Era anche salito sul banco per declamarla meglio! Un gran talento, devo ammetterlo.»

«Mi dispiace.» Gliel'avevo data io quella lettera, ecco come aveva fatto Bryan ad averla. E ne avevamo riso per un giorno intero. «Mi dispiace tanto, James. Se solo potessi tornare indietro…»

«Sandy, noi non abbiamo quasi nulla oltre al nostro passato e al fatto che io ti voglio togliere l'azienda per darla alla "Masterpiece Toys". Ma il passato ormai è andato, è lontano. Per il futuro cercherò di aiutarti quanto posso. Però tu non devi sentirti in colpa e scusarti ogni volta che accenniamo agli anni del liceo.

Lo so che ti dispiace, l'ho capito.» Sospira e guarda davanti a sé staccando gli occhi dai miei. «Io non lo faccio per mortificarti. So che siamo cambiati entrambi.»

«È vero, ma io non avrei dovuto permettere a Bryan e agli altri di farti del male. Avrei dovuto fermarli, convincerli a smetterla, a lasciarti in pace. Potevo farlo, invece non l'ho fatto, ho permessero che continuassero a infierire su di te. Tu eri buono e gentile, con me. Non meritavi tutti i maltrattamenti che hai subito da parte nostra. Da parte mia. Lo so che è passato tanto tempo ma è una cosa che non mi perdonerò mai.» Appoggio la mano sul suo braccio. Spero capisca che sono sincera. Non lo sono mai stata più di così. «Tu... avresti dovuto denunciarci dopo che ti hanno picchiato la prima volta. Avresti dovuto fermarci, farci espellere o sospendere, almeno. Invece hai ricevuto abusi continui per due anni.»

«Sì, ci avevo pensato. Ci sono stati momenti in cui avrei davvero voluto. I miei genitori e anche un insegnante hanno tentato di convincermi a farlo.» Si gira di nuovo verso di me, si morde le labbra e scuote la testa deciso. «Ma non potevo. No, io non potevo.»

«Perché no?»

«Perché c'eri tu.» James sospira, abbassa lo sguardo e si stringe nelle spalle. «Ci saresti andata di mezzo anche tu. Non potevo.»

CAPITOLO 12

James poteva fermarci e non lo ha fatto. A causa mia. È stato costretto a subire. Continuo a rigirarmi nel letto, non riesco a dormire. Le sue parole non mi danno tregua. Dopo averlo salutato sono scesa dalla sua macchina. Se avessi seguito l'istinto l'avrei abbracciato e… Io non capisco più nulla. Sto perdendo completamente il controllo di me stessa e dei miei sentimenti. Non devo dimenticare che lui potrebbe rovinarmi. Non posso dimenticarlo. Eppure c'è una verità che quasi non oso confessare nemmeno a me stessa. E mi sta facendo paura.

Lui ha ragione su tante cose. Lasciando per un attimo da parte il passato, anche sul presente James ha pienamente ragione. Sono stata un'ingenua, la mia inesperienza non mi ha aiutata. Avrei dovuto inventarmi qualcosa, chiedere aiuto. Invece mi sono limitata ad aspettare. Marcel e gli altri hanno fatto il possibile ma nessuno di noi è un esperto di marketing. Quando mia madre era ancora viva la situazione era diversa. Il problema è che io ho lasciato tutto uguale o quasi. Così sono sprofondata ogni giorno di più. Avrei dovuto assumere qualcuno, un esperto, quando ero ancora in tempo.

Mi alzo. Tanto ormai non dormo comunque. Non sto dormendo affatto in questi ultimi giorni. Mi siedo ai piedi del letto e osservo la mia Sandy. A volte, anzi spesso, mi sento ancora quella bambina che aveva ricevuto in dono la sua bambola di Natale.

«Che cosa devo fare? È arrivato il momento di crescere secondo te? Forse sarebbe anche il caso.»

E forse dovrei dire a Marcel di non riprodurre Sandy per Cassie. Dovrei cederle la mia Sandy, l'originale. Non una copia. Però non vorrei che James interpretasse male il mio gesto. Non vorrei che credesse che io voglia qualcosa in cambio, corromperlo come ho sempre fatto. Ma forse sì, ha ragione. Io davvero voglio qualcosa in cambio. Ma non è quello che pensa lui.

Mi sento ogni giorno un po' più distrutta. Guardandomi allo specchio mi accorgo che anche le occhiaie si stanno intensificando, assumendo una tonalità sempre più scura e profonda. Dormo male, ho sonni agitati, sogni confusi e mi dimentico di mangiare. Anzi, più che dimenticarlo ho proprio lo stomaco chiuso, bloccato. Questa mattina non fa differenza.

Preoccupazione, tensione emotiva e in aggiunta anche James e sua figlia. Dovrei sforzarmi ma non riesco ad andare oltre un caffè. Mi sento in trappola ed è davvero una pessima sensazione. I miei stessi sentimenti sono una trappola. Temo che emergano troppo intensamente sfuggendo al mio controllo.

Seduta al tavolo recupero l'agenda, passo in rassegna la lunga lista di cose da fare. Maledizione! Non mi hanno consegnato le caramellone natalizie al cioccolato che mia madre regalava ai dipendenti dall'apertura della "Rosie's Dolls". Eppure di solito Lily e Doug sono puntuali. Dev'essermi sfuggito qualcosa.

Sfoglio l'agenda freneticamente. Lily e Doug hanno aperto la loro azienda dolciaria più o meno in contemporanea con mia madre e da allora hanno collaborato attivamente con noi. E avrebbero anche consegnato in tempo se io mi fossi degnata di richiamare e comunicare quante caramelle mi servivano per quest'anno!

La scritta in rosso sull'agenda è una vera e propria condanna: "Richiamare Lily". Due settimane fa. Merito davvero tutto il male che mi sta accadendo. Sono stupida, distratta, inconcludente.

Mi faccio coraggio e chiamo Lily. Non so come giustificarmi ma lei mi comunica, con la consueta dolcezza, che mi hanno tenuto le caramelle da parte. Però dovrei andarle a prendere io fino a Bournemouth. Impiegherò due ore di macchina se mi va bene. Mi verrebbe da piangere ma mi trattengo. Sono una donna adulta, non una bambina. Le chiedo di aspettarmi in mattinata e lei acconsente felice. E ora devo ricompormi e affrontare questo viaggio fuori programma.

Non mi resta altro da fare che prepararmi. Avvisare Marcel in azienda e Leah in negozio che starò via per gran parte della giornata stravolgendo i miei piani. Ma non ho alternativa e potrebbe aiutarmi a distogliere la mente dal pensiero ricorrente che in questi ultimi giorni non mi sta concedendo tregua. Già che ci sono farò anche un giro per prendere i regali per Leah e gli altri, almeno non saranno i soliti acquisti fatti all'ultimissimo momento tra i negozi di Bristol.

Mi preparo con cura. Non vedo Lily e Doug da un po' e ci tengo a fare buona impressione e a non passare per la sventurata figlia di Rose, la sua brutta copia. Mi hanno sempre coccolata da piccola ma vorrei mostrarmi come una donna d'affari, non una ragazzina. Almeno tentare di salvare le apparenze.

Indosso un abito chiaro, dalle tonalità pastello e cerco un ampio scialle da abbinare che apparteneva a mia madre. Mi sistemo per bene i capelli sciolti sulle spalle, truccandomi con cura per nascondere il più possibile i segni di stanchezza dal mio viso. Specchiandomi mi ritengo abbastanza soddisfatta del risultato. Missione compiuta! Almeno la prima parte della mia personale missione.

Scendo per raggiungere la mia auto. Sono da poco passate le otto, se tutto va come dovrebbe sarò di ritorno nel primo pomeriggio. O leggermente più tardi se considero anche un po' di tempo per i regali e... E forse dovrei comprare qualcosa anche per James, già che ci sono.

«No, no, no!» Scuoto la testa stringendo il volante fra le mani. Parlo da sola, forse sto impazzendo tra domande e risposte. «Insomma, no. Però potrei… Ma no! Che senso avrebbe? Sarebbe assurdo!»

Mi impegno a rimuovere l'idea e metto in moto l'auto. Il primo tentativo va a vuoto ma evito di dare troppo peso alla cosa. Può capitare. Anzi, a me capita spesso. Al secondo l'inquietudine inizia a salire anche se di poco. Al terzo e al quarto lievita decisamente come un soufflé pronto però a esplodere accartocciandosi su se stesso.

Ecco. Anche la mia macchina mi odia! La benzina c'è, ricordo di aver fatto il pieno recentemente. Cerco di rammentare. Recentemente da qualche giorno, non settimane fa.

Decido di non perdere la calma e prendo in pugno la situazione. Chiamo Leah in negozio.

«Leah! Per favore, passami George… anzi no, mandalo direttamente sotto casa mia. La mia macchina ha deciso di fare la stronza. E io ne ho bisogno subito, devo andare a Bournemouth da Lily e Doug.»

Dopo aver spiegato brevemente la situazione a Leah, riaggancio, mi aggrappo al volante e ci appoggio sopra la fronte. Potrei approfittare dell'attesa per fare un sonnellino. Solo qualche minuto, George non impiegherà molto tempo a raggiungermi. Mi chiedo quando avrà finalmente termine il mio periodo di sventura. Quando sarò completamente rovinata, ovvio!

Pochi minuti più tardi sento bussare al finestrino. È stato davvero velocissimo, spero che il danno alla mia auto non sia irreparabile. Sollevo la testa con aria seccata, convinta di trovarmi davanti George.

«Oh, mio dio!»

Quasi faccio un balzo all'indietro da seduta.

«Non esagerare, Sandy. Sono solo io.»

Il sorriso di James è disarmante e i suoi occhi azzurri mi percorrono, quasi divertiti. Ma io penso che davvero non ci sia limite al peggio. Non avrebbe dovuto sorprendermi in questa situazione, ennesima conferma della mia incapacità.

Maledizione, dov'è George? Quanto ci mette ad arrivare?

Cerco di ricompormi mentre abbasso il finestrino.

«Ciao… sto aspettando George, dovrebbe essere qui a momenti.» Dovrebbe essere qui adesso, invece!

«Lo so, ma non verrà. Ho sentito che ha problemi ed è rimasto in negozio. Per questo sono arrivato io.»

James si appoggia al tetto della macchina con una mano e si china verso di me.

Ora scoprirò che sa anche fare il meccanico, ovviamente.

«No, è che… io ho proprio bisogno di…»

«Hai fatto benzina?»

Inclina il viso sospettoso, gli occhi azzurri mi sfidano sempre più divertiti.

«Certo che ho fatto benzina! Solite battute stronze da maschilista…» sospiro e incrocio le braccia voltando la testa e fissando il vuoto di fronte a me, pur di non guardare lui e scoppiare a ridere. In realtà lo avevo pensato anch'io.

«Scendi, andiamo con la mia. Facciamo prima.» Cosa? Sta delirando? «Devo andare anch'io verso Bournemouth, ti do un passaggio. Leah mi ha raccontato, stavo passando dal negozio a prendere Cassie. Invece resterà, mia suocera andrà a prenderla più tardi.»

Apre deciso la mia portiera e mi porge la mano.

Non posso fare altro che ubbidire. Scendo sdegnata, però. Che vergogna! Come se non avessi già abbastanza di cui vergognarmi.

«Io non… non devi disturbarti… George potrebbe…»

Richiude la portiera, mi prende le chiavi di mano, chiude anche la macchina. Sono costretta a lasciarlo fare, smetto di discutere e non mi oppongo. O forse non voglio più oppormi.

«Prima di partire lasciamo le chiavi della tua macchina in negozio, il tuo caro George passerà più tardi a darle un'occhiata, stai tranquilla.»

«Non è il mio caro…»

Mi lascio trascinare verso la sua auto senza più tentare di resistere o di contraddirlo. Sono una piccola, fragile, creatura inerme. E la verità è che per quanto una parte di me lotti per reagire, per mostrare la mia forza, la mia autonomia, un'altra parte invece gradisce le sue attenzioni, essere soccorsa, protetta. Non ricordo da quanto non mi capita. Anzi, forse non mi è davvero mai capitato. Mai, nemmeno con Bryan o con altri uomini dopo di lui. Mai. Perché gli altri sono sempre stati pronti a chiedere, a pretendere da me. Attenzioni, sesso, soldi. Lasciandomi poi precipitare in un abisso di solitudine e disperazione.

Durante il viaggio restiamo per lo più in silenzio, con un sottofondo musicale che proviene dalla radio. Attraversiamo Bristol, raggiungiamo anche Bath, senza nemmeno una breve sosta nella graziosa cittadina. James è concentrato sulla strada, io in meditazioni controverse per lo più focalizzate sugli uomini e sulla natura umana. Stare insieme a lui mi infonde un contraddittorio senso di timore e desiderio insieme. È in abbigliamento sportivo oggi, mi chiedo dove debba andare. Forse ha un appuntamento a Bournemouth o dintorni. Non può averlo fatto solo per me, sprecando l'intera mattinata per accompagnarmi.

A meno che sia il senso di colpa, è consapevole che sta per distruggere la mia attività insieme alla mia reputazione. Da questo potrei dedurre che prova rimorso nei miei confronti. Ciò farebbe di lui una brava persona, proprio come lo aveva definito Marcel. Una brava persona che prova compassione.

Certo. Dispiacere, empatia, solidarietà umana nei confronti di una sventurata sull'orlo del fallimento. Il mio problema però è che non sono del tutto certa di voler suscitare questo in lui. Il mio problema è che sto iniziando a desiderare altro, da lui. A sperare altro. E temo di non essere in grado di fermarmi.

CAPITOLO 13

Oltrepassata Salisbury arriviamo a Bournemouth prima del previsto. Lungo la strada ci siamo scambiati solo qualche informazione a proposito della "Crystal Candies", l'azienda di Lily e Doug, e sulla collaborazione che da sempre aveva instaurato con mia madre e di conseguenza con me. Gli do informazioni per raggiungere il luogo esatto.

Scendiamo entrambi dalla macchina e io non riesco a trattenermi.

«Tu non avevi proprio niente da fare in questa zona, vero James?»

Lo guardo negli occhi appena mi affianca.

«Avevo la mattinata libera e volevo aiutarti. Il tuo caro George era preso dalla costruzione di una nuova casetta delle bambole insieme a Cassie.»

Utilizza un tono vagamente cinico. Possibile che sia geloso di George? O meglio… possibile che sia geloso in generale?

«Non so come né perché tu ti sia messo in testa che George abbia un interesse per me.»

«Sarà l'abitudine. Non ti ho mai vista senza ragazzi intorno.» Non sono in grado di interpretare la sua affermazione. In realtà non credo di piacere a un uomo da parecchio tempo ormai. «Anzi, riformulo. Non ti ho mai vista senza ragazzi intorno che non fossero interessati a te.»

Lily ci accoglie all'ingresso dell'azienda, così posso evitare di rispondergli. Mi saluta calorosamente, poi si scosta e mi prende le mani per ammirarmi. Gli occhi chiari mi percorrono con dolcezza. Rivolge anche a James un'occhiata compiaciuta, sistemandosi gli occhiali dalla montatura dorata sul naso.

«Ma brava la nostra piccola Alexandra che questa volta ci ha portato un bel fidanzato!»

Non faccio in tempo a replicare, suo marito Doug ci raggiunge. È un uomo simpatico e dall'aspetto gioviale, attendo anche da lui qualche battuta nei nostri confronti invece si trattiene.

James sorride, li saluta e si presenta senza smentire né confermare. Anche io faccio lo stesso. Sarebbe troppo difficile spiegare il nostro rapporto e chiarire che in realtà non siamo proprio nulla l'uno per l'altra. Probabilmente nemmeno amici.

«Mi dispiace non avervi richiamati… è stato un periodo un po' complicato.» Cerco di deviare il discorso. «Me ne sono resa conto solo stamattina.»

«Stai tranquilla, sappiamo bene che il periodo natalizio è sempre complicato. Ti abbiamo messo da parte il solito numero, anzi qualcuna in più per sicurezza. Poi ci sono delle novità in regalo anche per Leah e gli altri tuoi collaboratori più stretti.»

Lily mi accarezza la spalla affettuosamente. La sua espressione calma e rilassata, l'aspetto curato ma semplice e familiare mi riconcilia con me stessa e con la mia vita, il mio passato. Tiene i capelli striati di grigio raccolti in una coda bassa, l'abito lungo dalle tonalità calde rende la sua figura dolce, accogliente. Mi ricorda mia madre, forse perché oltre ad essere collaboratrici sono state amiche. Avevano fondato le loro aziende nello stesso periodo.

«Se volete potete fare una passeggiata sulla spiaggia mentre faccio preparare le confezioni da sistemare in macchina. Poi ti chiamiamo noi al telefono, Alexandra, appena saranno pronte. Potreste anche fermarvi a pranzo da noi se non avete fretta.»

In altre circostanze accoglierei il suggerimento di Doug con entusiasmo. Adoro il mare in inverno. Ma sono in ritardo, ho fretta di tornare.

No, è una bugia. La verità è un'altra. C'è James. E io non voglio aggiungere un ricordo agli altri. Non voglio pensare a me e lui sulla spiaggia, tra l'aria frizzante dell'inverno, il profumo del mare e quell'azzurro cupo che somiglia a quello dei suoi occhi quando è serio, riflessivo. Temo una trappola da cui non sarò più in grado di uscire, che mi stringerà fino a togliermi il respiro.

«Grazie, Doug.» James annuisce e sorride a Doug e Lily, precedendomi. «Accettiamo con piacere.»

Ancora una volta non posso fare altro che seguirlo. Solo l'attraversamento di una strada e una piccola piazza separa l'azienda di Lily e Doug dalla spiaggia deserta. La raggiungiamo in pochi minuti. Sento i piedi sprofondare nella sabbia, il fastidio del tacco delle scarpe, anche se piuttosto basso, e delle calze. Mi sforzo per mantenere l'equilibrio.

Provo quasi soggezione, tanto da non riuscire a percorrere altri passi verso la riva. Mi provoca un tremito. James, al contrario, si avvia rilassato e deciso per poi voltarsi verso di me.

«Hai freddo?»

Sembra avere una voce più profonda mentre mi tende la mano. Mi perdo nel suo sguardo e non so cosa rispondere. La giornata è tiepida nonostante l'inverno. Il cielo grigio minaccia pioggia, però il sole pallido per il momento resiste ancora. Tipico scenario marino inglese, direi. Ma intanto siamo qui, io e James. Afferro la sua mano, abbozzo un sorriso.

«Sto bene.»

In queste due brevi frasi inizio involontariamente a riscoprire un mondo. Ho freddo. Ho davvero freddo. Non per le condizioni climatiche, ma perché vorrei che mi stringesse tra le braccia. Sto bene. Sto bene ad averlo al mio fianco, più di quanto sia disposta ad accettare.

«Eravamo venuti qui in gita, ricordi?» James trattiene la mia mano nella sua mentre camminiamo.

Sì, ricordo. Ma annuisco senza aggiungere altro. Lui sembra aggrapparsi costantemente a episodi del nostro passato. E io mi rendo conto che fanno più male a me che a lui. Forse perché lui non ha nulla da rimproverarsi.

«Volevo vincere a tutti i costi una sfida di nuoto tra i ragazzi...» Sorride fermandosi sulla riva, mi lancia un'occhiata obliqua.

«Sì, ricordo quella sfida. È stata stupida, come la maggior parte delle cose che ci proponevamo di fare in quel periodo.»

E ora ricordo anche lui. La sfida proposta da Bryan con la complicità del nostro gruppo di stupidi ragazzini boriosi. Eravamo in gennaio.

«Io volevo vincerla. Sapevo nuotare discretamente e volevo vincerla.»

Ma non andò così. Bryan e gli altri si associarono contro di lui per costringerlo a restare indietro e buttarlo sotto. Come sempre. Mentre io e altre ragazzine sciocche come me restammo a guardare.

«L'hai vinta, James. Io lo so. Bryan e gli altri non si aspettavano che tu sapessi nuotare così bene. Hanno dovuto imbrogliare per crearti difficoltà, ostacolarti e non farti vincere.» Stringo il suo braccio con entrambe le mani, come per rassicurarlo. Mi rendo conto che ora è tardi, non ne ha più bisogno. Ma lo faccio comunque.

«Nessuno lo sapeva. Tu stavi cambiando, stavi già lottando... Io credo che saresti cambiato anche qui, ma noi eravamo troppo stupidi e concentrati su noi stessi per accorgercene. Restavamo sempre uguali, come imprigionati in un ruolo. Nessuna crescita, nessuna evoluzione. Il guaio è che vent'anni dopo alcuni sono rimasti così e si credono ancora padroni del mondo come quando erano adolescenti.»

Sono tentata di appoggiare la testa sulla sua spalla, mi trattengo a fatica.

«Tu sei cambiata, Sandy. Sei cresciuta, sei maturata, sei...» Mi rivolge uno sguardo serio, quasi compito. Poi scoppia a ridere, puntando il dito intorno al mio viso. «Hai qualche rughetta qua e là, ma ti dona.»

«Stai dicendo che sono invecchiata! Non che sono cresciuta e maturata!»

Rido anche io e gli do uno spintone. James simula una caduta e mi afferra per le braccia per trattenersi in piedi.

Mi stacco da lui, imbronciata. E per la prima volta da tempo immemorabile non penso, non rifletto, non valuto i pro e i contro delle mie azioni. Mi lascio andare, semplicemente. Mi libero delle scarpe lanciandole in aria, lascio cadere la borsa e lo scialle pesante e corro verso il mare. Mi sollevo il vestito e rabbrividisco al contatto con l'acqua nonostante le calze.

«No, Sandy Riley. Non fare la bambina, ora. Prenderai davvero freddo così, ti beccherai un malanno e...»

Scuote la testa sospirando. Sembra trattenersi, invece si china per togliersi le scarpe e la giacca che lancia sulla sabbia. Mi segue e finge di schizzarmi l'acqua addosso con un piede.

«Ah, è così?» Rispondo allo stesso modo. «Chi sarebbe il bambino, ora?»

Ridiamo e improvvisamente non c'è più nulla tra noi, oltre al presente. Nessun passato, nessun impegno, nessuna responsabilità. Nessun ostacolo. Per un attimo siamo solo noi, due creature libere, immemori e felici di esistere, di stare insieme. Innocenti, in un certo senso.

Cerco ancora di schizzarlo, poi corro via. James mi segue e mi afferra per la vita attirandomi a sé. Finisco con la schiena adagiata al suo petto. Sento il calore delle sue mani sul mio corpo, il suo respiro sulla nuca, sul collo mentre mi circonda con le braccia. Non sento più freddo. Da questo momento capisco, so che cancellerò tutte le immagini passate riguardanti questo luogo, questa spiaggia. Da ora in poi li collegherò solo a lui. Non volevo che accadesse. O forse lo desideravo a tal punto da temerlo, da rifiutarlo per paura.

Volto la testa verso di lui, sollevando il viso. Non mi lascia andare, mi trattiene con un braccio, mentre con l'altra mano mi sfiora appena i capelli. Le sue labbra sono a poca distanza, i suoi occhi azzurri nei miei.

«James, io…» socchiudo gli occhi.

So che non dovrei. Improvvisamente non siamo più due bambini. Siamo tornati noi. Alexandra Riley e James Jenkins, con i loro dubbi, il loro comune passato, i loro distinti dolori e destini. Ma io ancora lotto per afferrare quell'innocenza, per mantenere vivo quel battito del cuore che sento quasi esplodere nel petto, quell'emozione languidamente intensa, quasi proibita.

La sua mano si sposta sul mio viso, lo sfiora e lo solleva piano mentre le dita mi percorrono la gota. Socchiudo gli occhi. Solo un istante, solo un altro istante mi ripeto mentre il suono insistente di un cellulare rompe l'incanto per sempre.

Il suo, il mio… non saprei. Dalla sua giacca o dalla mia borsa abbandonate sulla sabbia. Lo maledico comunque perché ci distoglie da noi stessi e temo che quel nostro momento sarà perduto per sempre.

È il suo. Dall'espressione cupa e preoccupata deve trattarsi di qualche problema da risolvere. I suoi occhi si stringono e lo vedo aggrottare la fronte. La chiamata potrebbe anche provenire dalla "Masterpiece Toys" che invoca la mia rovina e lo incita ad accelerare i tempi.

Mi allontano per non essere indiscreta ascoltando la conversazione. Cerco nella mia borsa, qualche istante dopo ricevo un messaggio da Lily. Le mie caramelle natalizie sono pronte, imballate e caricate sull'auto di James.

Mi chiedo se abbiamo ancora tempo per il pranzo con Lily e Doug e per un rapido giro nel centro della cittadina per qualche acquisto natalizio. Probabilmente no, lo sguardo di James appare troppo assorto in problemi a me sconosciuti per proporglielo. Li comprerò a Bristol, come sempre.

Salutiamo Lily e Doug, scambiandoci gli auguri. Rimandiamo il pranzo a un'altra occasione. Mi fanno promettere di tornare presto a trovarli. Fanno promettere anche James. Io acconsento distratta, lui riesce a mantenere il contegno, a sorridere e a ringraziare.

Intanto penso a quei due ragazzi sulla spiaggia. Senza passato, senza impegni, senza responsabilità. Totalmente liberi e innocenti. Con la voglia di conoscersi davvero, di scoprirsi. Non siamo noi. Non più.

Non parliamo durante il viaggio di ritorno. Non comprendo cosa sia accaduto, cerco di osservarlo di sottecchi ma lo sguardo di James è ancora più serio, teso e distaccato. Suppongo che la responsabilità sia da attribuire alla telefonata giunta a interrompere quello che sarebbe stato il nostro primo bacio.

James sintonizza la radio su un programma musicale, tenendo il volume un po' più alto che all'andata. Mi sforzo di concentrarmi nel seguire attentamente le parole delle canzoni per evitare di immergermi nei miei pensieri, nei miei rimorsi e soprattutto nei miei desideri. Ma nemmeno la musica mi è d'aiuto perché *Come in out of the rain* mi trascina nuovamente in un conflitto tra presente e passato.

"There's a place in your heart to love me again
Happiness and joy you bring
When you call my name
Come on in out of the rain."

Non riesco a impedire di chiedermelo.

Ci sarà uno spazio nel suo cuore per tornare ad amarmi?

CAPITOLO 14

Il Natale si sta avvicinando e la mia ansia cresce. Tutto prosegue come ogni giorno, ma io sento che mi sto perdendo. Sono passata in azienda la mattina presto. Poi sono stata in negozio per qualche ora. Ho continuato a prendere in mano il cellulare e a riporlo nella borsa. Non mi sono mai sentita così confusa, ma alla fine non ho più resistito. L'ho chiamato e l'ho invitato a pranzo a casa mia. Mi ha risposto dicendomi che l'ho preceduto di poco perché anche lui stava per chiamarmi, ha urgente bisogno di parlare con me. Non ha voluto scendere nei dettagli, quindi non mi resta che attendere.

Mentre lo aspetto nel mio appartamento i minuti sembrano non trascorrere mai. È solo un pranzo informale e io non sono nemmeno brava a cucinare. Spero che la mia pasta non gli faccia troppo schifo. Ho preparato anche la torta di mele, seguendo la ricetta di Leah. No, in realtà non è solo un pranzo informale. È altro, almeno per quanto riguarda me.

Continuo a passare davanti allo specchio per controllare lo stato del mio viso, dei miei occhi. Poi mi sistemo i capelli per l'ennesima volta, lasciandoli scivolare su una spalla. La verità è che temo di non essere più abbastanza carina, per lui. Di non piacergli più. Ho tentato di fare del mio meglio, ma si vede che non dormo da giorni. Nonostante il trucco ho l'aria distrutta. Oppure sono io a vedermi così perché so di essere distrutta interiormente.

Sento suonare alla porta e mi precipito. Puntualissimo come al solito. Attendo un attimo prima di aprire. Mi preparo con un respiro profondo cercando di lasciar scivolare via la tensione.

«Ciao…» Sorrido e mi sposto per lasciarlo passare. Lui, al contrario di me, è in splendida forma. Sembra perfettamente a suo agio a incontrarmi qui, a casa mia. Ha lo sguardo luminoso e un sorriso smagliante. Noto che si è tagliato leggermente i capelli e indossa il suo completo blu. «Ho preparato la pasta. E ho fatto anche la torta di mele. La ricetta è di Leah, ma io… Non ti aspettare grandi cose da me, ecco. Nel caso non ti piacesse, possiamo sempre ordinare una pizza…»

Sono agitata come una ragazzina al primo appuntamento, dannazione! E io non sono mai stata così. Nemmeno quando ero davvero una ragazzina al primo appuntamento. Erano i ragazzi a sentirsi nervosi all'idea di uscire con me! Non mi sono mai preoccupata di fare buona impressione su di loro. Perché io ero bella, stronza e maledettamente sicura!

«Credi davvero che io sia qui per il cibo, Alexandra?»

Mi guarda e si toglie la giacca. Io gliela prendo e la appoggio sul divano. Mi perdo un po' a guardarlo, mi sento completamente idiota. Lo fisso restando immobile. Aspettando un suo gesto, una sua parola.

«No James, io…»

Sento il calore salirmi alle guance, sto arrossendo maledizione! Vorrei che non mi facesse questo effetto. E soprattutto vorrei che non se ne accorgesse. Perché da come mi scruta attento è chiaro che anche lui se ne sta accorgendo.

Mi distolgo, lo invito ad accomodarsi e torno in cucina a scolare la pasta per togliermi dall'imbarazzo. Mangiamo tranquillamente e sembra apprezzare i miei sforzi. Quindi almeno il pranzo è salvo. Vedo che mangia di gusto anche la torta di mele che ho preparato.

«È davvero buona, mi ricorda quella di mia madre. Credo che anche lei abbia avuto la ricetta di Leah. Comunque, sei più brava di quello che credi, Alexandra. Anche la pasta era ottima.» Il sorriso sincero e i complimenti mi riscaldano il cuore. Ma subito dopo aggrotta la fronte, sembra prepararsi per dirmi qualcosa che non ha più nulla a che fare con il pranzo. Qualcosa che non mi piacerà, temo. «Ricordi che al telefono ti ho detto che anche io avevo bisogno di parlarti…»

«Sì… lo so, James. L'ho capito. Non ho altra via d'uscita. Io devo prendere una decisione e a questo punto credo di averla presa, finalmente. Seguirò il tuo consiglio.» Che altro mi rimane da fare? Nulla. Posso solo chiedergli di intercedere presso la "Masterpiece

Toys" perché i miei dipendenti non perdano il loro posto. Magari questo può farlo per me. «Quindi accetto. Accetto la tua proposta di vendere alla "Masterpiece Toys", però io vorrei…»

«No. Ormai è troppo tardi.» Incrocia le braccia e il suo sguardo si fa cupo. «Non si può più fare.»

«Come? Ma perché? Tu mi avevi detto…»

Allora cosa ne sarà di me? Di noi? Sono condannata, l'unica opzione resta il fallimento.

«Ho parlato proprio questa mattina con i dirigenti della "Masterpiece Toys" e ho spiegato chiaramente che tu rifiuti la loro proposta. E che non accetterai nemmeno altre proposte da parte loro, per cui non tenteranno più di contattarti.»

Il suo tono mi spaventa quasi, tanto è deciso da non ammettere repliche. Non so cosa rispondere. Capisco che è esattamente ciò che io stessa gli avevo detto inizialmente, ma… Ora cosa faccio? Sono rovinata. E lui ha fatto proprio ciò che io gli avevo chiesto.

«James, io…»

«Alexandra…» Increspa le labbra e scuote la testa. «Tu non ti puoi mischiare con loro, tu non sei un prodotto di massa. La "Rosie's Dolls", intendo. Avevi ragione fin dal principio, da quando ne abbiamo discusso la prima volta. L'ho capito ancora di più quando siamo andati a Bournemouth, da Lily e Doug.»

«Lo so, ma io… non posso pensare solo a me stessa…» Sento le lacrime agli occhi, ne asciugo via una quasi con furia. Non voglio mettermi a piangere, non posso permettermelo. «Ci sono tante altre persone che dipendono da me, per cui io speravo che potessero mantenere il loro posto se tu…»

«Io non voglio che tu venda. E non voglio nemmeno che tu fallisca.» Appoggia la mano sulla mia, che ho trattenuto sul viso, e la accarezza piano. I suoi occhi azzurri sono fissi nei miei. Poi si distoglie da me, spezza il contatto tra noi e riprende a parlare con più fermezza. «Sandy, ascoltami… Io ho studiato con attenzione la situazione della "Rosie's Dolls" in questi giorni, in cerca di una soluzione, di un'idea… Mi sono guardato intorno, ho svolto qualche indagine personale per trovare aziende simili alla tua o con cui tu potessi avere qualcosa in comune. Qualcosa che non sia ciò che propone la "Masterpiece Toys". Ho chiamato anche Lily e Doug, in cerca di qualche suggerimento e alla fine credo di essere riuscito a trovare qualcuno di adatto. Il nome di Michelle Wilsen ti dice niente?»

«Michelle Wilsen?» Cerco di recuperare la calma necessaria per riflettere. Questo nome non mi è affatto nuovo. Sono troppo tesa per pensare razionalmente, però… Ma certo! «Sì, la conosco! Lei ha un'azienda di orsetti e pupazzi di peluche, la "Bríd Teddies and Friends". La sede centrale è nello Yorkshire. Certo che la conosco, non personalmente ma di fama, mia madre la apprezzava moltissimo. Credo che la sua azienda sia stata fondata anche prima, da sua nonna. Mia madre la conosceva già da allora. Grande prestigio, grande classe. Michelle è una donna unica, una professionista!»

«L'ho contattata. Anche lei si ricorda molto bene di tua madre e adora le bambole della "Rosie's Dolls". Ricorda il sostegno che hanno ricevuto anni fa, da tua madre e da Lily. Quindi non lascerà che l'azienda fondata da Rose fallisca. Questo ha detto. Sua nonna Brighid non lo permetterebbe. Lo so, forse avrei dovuto parlare con te prima di lanciarmi in un'iniziativa personale, però...» Sospira e aggrotta leggermente la fronte, come se studiasse la mia reazione. «Michelle sarebbe disposta ad averti come socia, sono riuscito a convincerla. Non è stato tanto difficile, in realtà. La mia proposta le è piaciuta subito e ne ha parlato con la sua famiglia e con il fratello Julian per gli aspetti commerciali e legali. Tu continueresti a produrre le tue bambole, ma dovrai lasciare spazio anche a qualche orsetto o animaletto di peluche. Probabile che Michelle voglia aprire un negozio di bambole come il tuo anche nello Yorkshire. Perderesti un po' della tua indipendenza, Alexandra. Diventerebbe quasi una piccola catena, come la loro. Ma almeno la qualità e la classe resterebbero intatte. Ci sarà comunque molto lavoro da fare e tante questioni da risolvere per quanto riguarda l'aspetto commerciale e per organizzare una buona campagna di marketing...»

Improvvisamente si ferma. Non so nemmeno io perché, non ne comprendo il motivo. Lo stavo ascoltando completamente rapita. Mi passo una mano sul viso e la ritrovo bagnata. Ho iniziato a piangere senza neanche accorgermene.

«Come non detto, scusami.» Mi accarezza i capelli con dolcezza e inclina il viso. «Mi dispiace non aver trovato una soluzione migliore. Forse avrei dovuto chiedere il tuo consenso, prima di agire. Ma mi sembrava una buona alternativa, considerata la situazione e volevo avere la certezza che la proposta venisse accolta prima di... prima di illuderti inutilmente, ecco.»

Cosa sta dicendo ora? Ha pensato che io...

«No, no James. Io... io non riesco a crederci! È una proposta fantastica! Talmente fantastica che ancora non riesco a credere che sia tutto vero! Io socia di Michelle Wilsen e della "Bríd Teddies"! Io... con le mie bamboline...»

Mi sforzo ma non riesco più a resistere. Scoppio in singhiozzi. Da troppo tempo mi trattengo, da troppo tempo combatto da sola una battaglia che sapevo destinata a perdere. James ha ragione, dovrò rinunciare a parte della mia indipendenza. Però c'è una notevole differenza tra la "Bríd Teddies" di Michelle Wilsen e la

"Masterpiece Toys". Il nome di mia madre non verrà irrimediabilmente rovinato.

«Tu con le tue bamboline, Sandy...» annuisce e sorride. «Sono contento che la proposta ti soddisfi. Ma avrai molto da lavorare e non sarà facile risollevarti, ti avverto. I prossimi anni saranno davvero difficili per te.»

«Lo so, sono pronta a tutto! A darmi da fare, a cambiare, a studiare anche! Lavorerò giorno e notte. Ma James, io...» Mi chiedo come abbia fatto. Come ci sia riuscito. «Ma... tu con la "Masterpiece Toys" come hai risolto la questione? Tu lavori per loro. Come hanno preso tutto questo? Hanno insistito così tanto per avere la mia azienda che...»

«Non ho solo loro come clienti.» Sorride e si stringe nelle spalle. «Forse non ci crederai, ma sono abbastanza bravo nel mio lavoro. Oltre a loro ne ho molti altri. E del resto io non porto avanti un progetto in cui non credo, è uno dei miei principi sul lavoro. Quindi per me non c'è stata alternativa.»

«Ma tu...»

«Io devo andare ora.» Recupera la sua giacca appoggiata sul divano. «E tu, Alexandra... ricomponiti e appena puoi chiama Michelle Wilsen.» Cerca nella tasca della giacca e mi mette in mano un biglietto con un numero di telefono. «Io ho fatto solo da intermediario, ma lei avrebbe piacere di parlare con te direttamente, non con un consulente finanziario che non capisce nulla di bamboline e di orsetti.»

«Certo, lo farò subito! Ma tu… ti sei lasciato scappare l'affare con la "Masterpiece Toys", James!» Non chiedo. Lo so. L'ha fatto davvero, anche se ora tenta di minimizzare la questione parlando di altri clienti e di principi. Non sono così ingenua da non capire. «In pratica, li hai fregati! Perché? Perché hai fatto tutto questo per me?»

Si stringe nelle spalle con noncuranza e raggiunge la porta. Ma si volta prima di uscire e mi guarda. I suoi occhi azzurri mi percorrono e poi si soffermano sul mio viso. Vorrei correre verso di lui, abbracciarlo, stringerlo.

«Il motivo mi sembra abbastanza ovvio, Sandy Riley.»

CAPITOLO 15

Nel pomeriggio ho informato tutti in azienda e poi al negozio. Ormai non c'è più nulla da nascondere riguardo la nostra futura collaborazione con la "Bríd Teddies". Anzi, c'è solo da essere orgogliosi. Ho detto chiaramente che tutto il merito è di James e a lui dobbiamo essere grati per aver salvato l'azienda. Credevo di riscontrare qualche lamentela da parte dei dipendenti più anziani invece sono stati tutti entusiasti della notizia. La situazione cambierà, ne sono consapevole. Ma è un cambiamento che non mi dispiace affatto. Oggi è il 22 dicembre. Posso dire di aver ricevuto il mio regalo di Natale con qualche giorno di anticipo. Da questo momento tutto cambierà e non mi lascerò mai più sopraffare dal dolore, dai rimpianti e dagli errori che ho commesso nel corso della mia vita. Anzi, tenterò di rimediare per quanto mi è possibile.

Come mi ha suggerito James mi sono ricomposta, ho riacquistato un minimo di lucidità mentale e ho chiamato Michelle Wilsen, poco dopo che lui ha lasciato il mio appartamento. Abbiamo parlato per quasi un'ora di produzione, della possibilità di espanderci. Abbiamo entrambe tantissime idee. Vorrebbe davvero un negozio simile al mio nella sua zona, un secondo "Rosies's

Dolls" insomma. È una donna forte, ma molto simpatica e dolce. Mi ha invitata ad andarla a trovare, dopo le feste. Sono sicura che andremo d'accordo e soprattutto io ho proprio bisogno di un'esperienza come la sua.

E ho bisogno di James, soprattutto. Mi sono resa conto che non potrei più fare a meno di lui. O forse potrei, ma non vorrei. Gli chiederò di lavorare per me, appena lo rivedrò e gli racconterò della mia conversazione con Michelle. Ovviamente non sarò mai in grado di pagarlo quanto la "Masterpiece Toys", anzi al momento temo di poterlo pagare davvero poco. Ma appena mi riprenderò salderò subito il mio debito con lui. Voglio che mi faccia da consulente, la mia attività non esisterebbe più senza di lui. Spero tanto che vorrà accettare la mia proposta.

Ho bisogno di lui. Non solo come consulente, ecco. Io voglio lui nella mia vita. Lui e Cassie. Credevo che volesse vendicarsi per il male che gli ho fatto in passato e invece… mi ha salvata! Marcel e Leah avevano ragione e io mi sbagliavo. James è rimasto il ragazzo dolce, gentile e premuroso di un tempo. E io… credo di aver perso completamente la testa per lui.

Non meritava quello che la vita gli ha fatto. Essere maltrattato da ragazzino, perdere la moglie, crescere la bambina da sola, doversi adattare a tante situazioni, anche andando contro ai suoi principi. No, James non meritava tante sofferenze. Ammiro la sua forza, il suo coraggio. Altri al suo posto sarebbero crollati. Io sono crollata, dopo il divorzio da Bryan, dopo i suoi continui attacchi e le sue richieste incessanti. Pretendeva addirittura che vendessi l'attività di mia madre per poter avere soldi da me, ma io non ho mai ceduto. In realtà io continuo a crollare di fronte alle avversità e ogni volta è sempre più difficile riprendermi, ricostruire me stessa. James invece continua a lottare. Forse perché è abituato da tanto tempo. E questa volta ha lottato anche per me.

Sono in negozio e non riesco a non pensare a lui. Vorrei poterlo aiutare per quanto mi è possibile, rimediare ai danni che gli ho provocato tanti anni fa.

«Sandy... sembri completamente tra le nuvole oggi.» Leah sorride e mi accarezza affettuosamente la schiena. «Per la situazione dell'azienda non ti devi più preoccupare ora, vedrai che con la "Bríd Teddies" andrà tutto bene. Tua madre adorava il loro lavoro. Ti puoi rilassare un po' adesso, almeno per Natale.»

«Sì, ammetto di essermi tolta un peso enorme! Sono davvero contenta e non vedo l'ora di iniziare a lavorare con Michelle. Però mi prenderò qualche giorno di riposo, prima.» Sorrido entusiasta. In effetti da troppo tempo non mi sentivo così leggera e libera. «E comunque avevi ragione tu. James è... lui è meraviglioso davvero...»

«Ti avevo detto che non ci avrebbe fatto del male quel ragazzo. Sono contenta di non essermi sbagliata.»

Annuisce e mi bacia la tempia. «Organizzeremo una piccola festa questa sera, non sappiamo ancora dove. La notizia è stata troppo bella! Magari da me, ho la casa più grande e sai che mi piace avere spesso gente, soprattutto in questo periodo.»

«Certo Leah, conta pure su di me.»

Già, da quando due anni fa è morto Richard, il marito di Leah, la sua casa è diventata ancora più grande per lei. Ma noi non la lasciamo mai sola e lei nonostante il dolore si è ripresa abbastanza bene. Le piace avere spesso ospiti, non solo a Natale.

«E poi sarà anche in onore di James e Cassie...» prosegue Leah inclinando la tesa per scrutare la mia reazione. «Solo pochi amici, noi del negozio, Marcel e magari qualcun altro, considerato lo scarso preavviso.»

«Sì certamente!» In fondo è stato tutto merito loro, mi sembra la cosa più giusta. Sono entrati nelle nostre vite rendendole più belle, più felici. Anche se in modo diverso mi hanno conquistata entrambi. La serata sarà in loro onore, quindi. «Mi sembra giusto.»

«Sono contenta che tu sia d'accordo.» Leah mi guarda e la sua espressione si fa improvvisamente troppo seria. «Così potremo salutarli per bene, prima della loro partenza per l'America.»

CAPITOLO 16

Quindi accadrà davvero? Ho salvato la mia azienda ma perderò James e Cassie? Mi impegno a restare calma durante la piccola festa organizzata a casa di Leah. Ci siamo noi, qualche altro amico, James, Cassie e questa volta anche Rita, la suocera di James. Cerco di mantenere il contegno, ma dentro mi sento esplodere. Mi devo forzare per non far trasparire le mie emozioni, il dispiacere che provo. Mi sento responsabile. Non voglio, non posso pensare che James per salvare la mia azienda abbia perso il suo lavoro alla "Masterpiece Toys" e per questo sia costretto a trasferirsi in America. Non deve accadere.

Non riesco nemmeno a trovare un attimo per parlargli da sola. Appena mi avvicino sento tutti gli occhi puntati addosso. E lui nei miei confronti è gentile, come sempre, ma indifferente, quasi distaccato. Sembra che stia cercando di evitarmi. Basta, non ne posso più!

Esco, questa volta nel giardinetto sul retro. Vorrei parlargli solo qualche minuto, ma temo che non mi raggiungerà. Non riesco più a restare qui. A guardarlo sorridere e scherzare con gli altri sapendo che lo perderò, che l'ho già perso. Rientro in casa e cerco la mia borsa. Leah mi raggiunge sulla porta principale.

«Vado a casa, Leah. Non mi sento molto bene...» Lancio un'occhiata agli altri in soggiorno. Sembrano fin troppo felici, mentre io ho solo voglia di mettermi a piangere. E non posso farlo senza attirare l'attenzione o destare sospetti. Meglio allontanarmi e soffrire da sola, di nascosto. «Scusami tu con tutti, io...»

Improvvisamente James ci affianca, lancia un'occhiata a Leah e poi posa lo sguardo su di me. Mi sento fremere, tento di evitarlo e abbasso gli occhi.

«Stai andando via?»

«Mmh...» Annuisco e improvvisamente decido che non mi rimane alternativa. Sollevo il viso e lo guardo. Ora o mai più! «Ti posso parlare qualche minuto, prima di andare?»

«Certo.»

Mi indica la porta con un cenno e usciamo, mentre Leah torna dai suoi ospiti.

Una volta fuori incrocio le braccia e sospiro. Mi sembra di impazzire. Non sopporto questa angoscia che mi prende alla bocca dello stomaco da quando ho saputo della sua partenza.

«Perché, James? Perché hai deciso di andare via? Io credevo...»

«La nostra permanenza qui non era definitiva, Alexandra.»

Sofferma lo sguardo sul mio viso, poi lo distoglie. Si incammina verso la veranda.

«Va bene, lo capisco.» Lo raggiungo ma rimango staccata di qualche passo. Resto indietro, temendo di scorgere la sua indifferenza. Come faccio a dirgli che non voglio che se ne vada? Che non sopporto l'idea di perderlo? «Ma… abbiamo parlato in questi giorni, anche tanto. E tu… non mi hai nemmeno accennato a questa eventualità. James, dimmi la verità… è a causa mia? Te ne vai perché hai perso il lavoro con la "Masterpiece Toys"? Ti prego di dirmelo perché io…»

«Cosa? No, no Alexandra. Non è per quello… il lavoro per la "Masterpiece Toys" era importante è vero. Ma non così importante.» Continua a evitare il mio sguardo. «Era una decisione che avevo già preso in precedenza, non riguarda te o la tua attività. E nemmeno la mia scelta di aiutarti. Ho fatto solo ciò che ritenevo più giusto, te l'ho già detto. Non porto avanti progetti in cui non credo.»

Che stupida! Stupida che non sono altro! Come ho potuto solo credere che lui… che l'avesse fatto per me? Per me, non per un'ideale di giustizia, non per i suoi buoni principi… per me!

«Quando… quando partirete esattamente?»

«Domani, verso sera. Andremo prima in Costa Azzurra dai miei. Si sono trasferiti lì da circa tre anni. Passeremo il Natale con loro e poi…»

«Ho capito.»

No, non voglio capire. Mi fa male capire. E non so cosa aggiungere. Temo che qualche parola in più potrebbe spezzare tutto. Anche quel poco che è rimasto tra noi.

«Credo sia la scelta migliore, per Cassie.» Finalmente si degna di guardarmi in faccia, solleva le spalle. I suoi occhi azzurri su di me mi danno un brivido che non riesco a trattenere. «Rita si occuperà di lei, io lavorerò. Poi lì c'è anche la sorella di Grace, mia moglie... con la sua famiglia... Quindi ritengo che sia giusto così.»

«Certo.» Annuisco e abbasso la testa. È tutto finito, allora. Anzi, non è nemmeno iniziato. «Se è questo quello che vuoi, è giusto così.»

«Sì, è quello che voglio. Perché è giusto per Cassie soprattutto.»

Lo ripete ancora, è giusto per Cassie. Forse vuole convincersene. Forse non vuole dirmi che in realtà non c'entra Cassie. È lui a non voler più rimanere qui.

«James, ascolta... io...» Sollevo il viso su di lui e vorrei avere la forza di dirgli quello che provo oltre a chiedergli spiegazioni.

Cassie sta bene qui. L'ha detto lui stesso che la vede felice! Perché la vuole portare via a me, a noi? Perché non vuole permettermi di diventare parte della sua vita? Perché ha fatto tanto per poi andare via?

«Io ci ho pensato bene e... Cassie deve crescere con la famiglia di Grace. Hanno già perso Grace... quindi è la cosa più giusta e sensata.» Non capisco perché i suoi occhi azzurri mi stanno dicendo qualcosa di completamente diverso. O forse sono io a illudermi. Però non mi resta altro da fare che accettarlo. «Sandy...» appoggia entrambe le mani al parapetto e si piega quasi a guardare a terra.

«James, ti prego...» Gli accarezzo la schiena con la mano e appoggio la fronte alla sua spalla. «Dimmi che tu non senti...»

«Sandy, mia moglie... Grace, l'ho uccisa io... Per questo io non posso, non posso davvero...»

Lo sento tremare e mi stacco da lui per guardarlo in faccia. Non capisco cosa intenda. Qualunque cosa sia, io non credo alle sue parole. Non può essere vero. Si porta una mano sul viso, come se volesse nascondersi a me.

«Come?» L'ha uccisa lui? No, non è possibile. «James, non può essere...»

«Sì, invece. Io l'ho convinta a fare rafting insieme a me. Non ho mai pensato a quanto potesse essere pericoloso...» Si ricompone e si volta verso di me. Mi guarda serio ora, quasi senza più emozioni. «Credevo di essere abbastanza preparato, invece mi sbagliavo. Mi sentivo insuperabile, pronto a tutto. L'avrò sulla coscienza per sempre, per il resto della mia vita. Cassie ha perso sua madre per colpa mia. E Grace... aveva fatto tanto per me, da quando ci siamo incontrati lei c'è sempre stata, mi è rimasta sempre accanto, si è presa cura di me. Mi ha seguito, mi ha incoraggiato quando non ero così sicuro, quando non ero nemmeno convinto di valere davvero qualcosa. Quando il mio cuore era ancora lontano. Quando per me era tutto così complicato, quando anche la mia mente era altrove... lei c'è stata, è stata buona e paziente con me. E io ho causato la sua morte. Capisci perché non posso...»

Capisco. Capisco che Grace è stata per James tutto ciò che non sono stata io. L'esatto contrario di me, anzi. Lei gli è stata vicina. E ora, proprio Grace, sta mettendo ancora più in luce tutti i miei errori, tutti i miei difetti. Tutto il male che ho contribuito a fare a James. Ma lui no, lui non può pensare di essere la causa della sua morte!

«James...»

Gli accarezzo il viso con entrambe le mani. Non può portare questo peso. Non è giusto. E io non sono più in grado di resistere a quello che provo per lui. Anche se non dovrei, anche se è sbagliato e forse non lo merito. Lo stringo tra le braccia, più forte che posso. Ricambia la stretta e io mi sento al sicuro mentre le sue mani percorrono la mia schiena. Mi perdo nel suo abbraccio, quando i nostri corpi aderiscono l'uno all'altro fino quasi a fondersi. Non voglio lasciarlo andare via, non posso permettergli di affrontare il suo dolore da solo.

Anche se non vorrei sono costretta a staccarmi da lui sentendolo allentare la stretta. Ma restiamo vicinissimi.

Torno ad accarezzargli il viso dolcemente mentre lui appoggia la fronte alla mia. Piego leggermente la testa e socchiudo gli occhi cercando la sua bocca con la mia. Per un attimo lo sento cedere, lasciarsi andare. Non mi respinge mentre le nostre labbra si sfiorano appena.

«No… scusami, Alexandra.»

Si stacca deciso da me e fa un passo indietro. Mi aggrappo al parapetto per non cadere a terra.

«Io…» Non so più proseguire, tutte le parole che avrei voluto e che vorrei dirgli mi muoiono in gola.

So solo che voglio andare via da qui, subito. Che vorrei anche sparire, possibilmente. Lo oltrepasso senza guardarlo, mi precipito giù dagli scalini che dalla casa di Leah portano al cortiletto e raggiungo la strada principale. Inizio a camminare in fretta, sempre più in fretta. Poi a correre mentre le lacrime mi inondano il viso senza che io riesca a trattenerle.

Cosa mi aspettavo da lui? Che volesse stare insieme a me? Che potesse dimenticare tutto ed essere di nuovo felice con me? La sua storia con Grace non è come quella che io ho vissuto con Bryan. Lei era una brava persona, non un manipolatore egoista e viziato come il mio ex marito. Come ho potuto tentare di baciare James mentre lui ancora soffre per sua moglie? Io per lui in fondo sono ancora quella ragazzina idiota che vent'anni prima gli ha fatto del male, molto male.

Non so nemmeno dove sto andando, credo di aver oltrepassato anche la strada che porta verso casa mia. Non percepisco nemmeno più il freddo rigido di questa notte. E non mi ero neanche accorta che avesse iniziato a nevicare. Sollevo il viso. Bagnato di neve, di lacrime. Non importa. Da domani dovrò imparare a vivere senza l'uomo che in pochi giorni ha cambiato la mia esistenza. L'uomo che io non ho mai meritato, ma di cui mi sono innamorata come mai mi era accaduto in tutta la mia vita.

CAPITOLO 17

In qualche modo sono arrivata a casa. Infreddolita e con l'anima a pezzi. Non posso pensare alla sofferenza di James. Posso sopportare la mia, ma la sua non riesco proprio a tollerarla. Sono rimasta a fissare il telefono come un'anima in pena per tutta la notte. Mi sono illusa che lui mi chiamasse o almeno che mi mandasse un messaggio, invece niente. Non mi vuole, mi devo rassegnare. Non mi vorrà mai. E ha ragione, in effetti. Mi sono addormentata verso l'alba, non per volontà di dormire ma per sfinitezza.

Mi sveglia il suono insistente del campanello. Sarà Leah, ne sono certa. Solo lei avrebbe l'audacia di presentarsi a quest'ora del mattino. Non ho voglia di andare ad aprire. Per dire cosa poi? Per lasciarmi compatire anche da lei a proposito della mia sorte avversa. No, non ce la faccio. Per quanto le sia affezionata non me la sento di affrontare il discorso ora. Perché non si arrende? O perché non entra una buona volta, visto che ha le chiavi?

Alla fine sono io ad arrendermi. Mi alzo dal letto e in qualche modo arranco fino alla porta d'ingresso. Ho i brividi, devo aver preso troppo freddo ieri sera, vagando a piedi per le strade prima di arrivare a casa. Perfetto, ora subirò anche i rimproveri di Leah, proprio come quando ero una ragazzina.

Quando apro resto perplessa. Al momento non riconosco la donna che ho di fronte. Anche perché mi sembra altamente improbabile che sia qui, sulla porta di casa mia.

«Mmh...» Mi si sono bloccate anche le parole. Rimango immobile a guardarla.

«Posso parlarle, Alexandra? Solo per qualche minuto, non ho intenzione di disturbarla a lungo.»

Annuisco, mi sposto e la lascio entrare. Più che parlarmi per qualche minuto vorrà insultarmi. Da come mi guarda temo che abbia assistito alla scena di ieri sera in veranda tra me e James. Non mi sento nelle condizioni più adatte per essere insultata, in pigiama, con l'aria distrutta, forse con un principio di influenza, ma non importa. Subirò tutto quello che devo subire, mi piegherò, chiederò scusa, implorerò perdono per essermi innamorata di un uomo buono e gentile dopo un'esistenza in balia di bugiardi traditori e narcisisti. Troppo in fretta forse, troppo tardi. Troppo tutto. Però non sono stata in grado di evitarlo.

«So cosa sta succedendo tra lei e James, Alexandra. Vi ho visti. Ma l'avevo già capito prima.»

Ecco, appunto! Ormai temo che sia di dominio pubblico, per colpa mia. Mantiene un atteggiamento compito e non mi stacca gli occhi di dosso. Mi sento orribile, in ogni senso. Mi sento come una donna che ha cercato di portare via il marito a un'altra, poco importa che non sia più in vita.

«Mi dispiace tanto, davvero. Comunque, se può tranquillizzarla, è tutto finito. Anzi, in realtà non è nemmeno iniziato.» Spero che mi creda. Rita, la suocera di James, continua a fissarmi con espressione severa. E io mi sento trafitta dai suoi occhi, dal suo sguardo. «Ed è stata tutta colpa mia, solo mia. James mi ha solo aiutata con l'azienda e con... Insomma, lui non c'entra proprio niente. Mi dispiace, io non avevo intenzione di mettermi in mezzo. Sono stata io a pensare, a immaginare qualcosa che non esiste. Quindi non incolpi James, perché lui...»

«Non è vero. James non l'ha solo aiutata con la sua azienda. James è innamorato di lei.»

Rita ora mi fissa in attesa di una mia reazione in proposito. Io riesco solo a pensare che vorrei che fosse vero, lo vorrei con tutta me stessa.

«No, si sbaglia.» Sento un nodo in gola che mi impedisce di parlare, di esprimermi liberamente. Mi sforzo comunque, voglio rendere chiare le mie intenzioni. «È il contrario, in realtà. Ma non avrà seguito, le prometto che io non farò mai più nulla, non mi avvicinerò mai più a lui.»

«Lei deve impedirgli di partire, Alexandra!»

Non credo di aver capito bene. Che cosa sta dicendo? Perché le parole che ha appena pronunciato contraddicono lo sguardo ostile di questa donna? Perché sta dicendo che James mi ama quando non è vero?

«È… la cosa giusta…» mi ripeto mentalmente ciò che James mi ha detto ieri sera, prima di esprimerlo ad alta voce. «È la scelta giusta per Cassie che tornino in America.»

«Un padre infelice che pensa solo al lavoro e non sorride più da quattro anni logorandosi per il senso di colpa?» Rita scuote la testa decisa, sospira profondamente. «No, io non credo proprio che sia la cosa giusta per Cassie. Soprattutto ora che sono stati qui, che James ha ritrovato l'entusiasmo. Grazie alla sua azienda, grazie a lei, soprattutto. E potrebbe ritrovare anche la felicità, volendo.»

«Forse ha ragione, ma…» Il pensiero di quello che ha passato James, del suo dolore, mi spezza il cuore. «Io non posso fare nulla, purtroppo. Me lo ha detto chiaramente, ieri sera. Non dimenticherà mai Grace. James non vuole restare qui. Lui non vuole me.»

«Riguardo a questo si sbaglia. So che lei e James vi conoscevate già da prima. So tutto. E so che lui si è innamorato di lei, di nuovo. Ora lei lo deve convincere, Alexandra. Però prima deve convincere me di essere sincera nei suoi confronti.» Si avvicina e mi guarda negli occhi, come se volesse analizzare attentamente le mie intenzioni. I suoi occhi chiari mi mettono quasi soggezione, non avevo notato tutta questa fierezza nel suo sguardo prima d'ora. «Ero contraria, inizialmente. Quando l'ho costretto a rivelarmi la verità, quando ho capito che aveva mandato all'aria un affare così importante con la "Masterpiece Toys" mettendosi nei guai… ho scoperto anche i suoi motivi. Non poteva sopportare l'idea di rovinarla, di farle del male. E la sua non era solo bontà d'animo, non solo. Io sono rimasta in disparte a osservare, ho visto come si è dato da fare per salvarla, per proteggerla, Alexandra. Poi ho iniziato a temere che James e Cassie si dimenticassero di Grace, che Cassie… vedesse lei come sua madre, annullando per sempre il ricordo di mia figlia. Ma James è un bravo ragazzo, il migliore che Grace potesse incontrare. Anche se è difficile per me, io devo sapere che lui e la mia nipotina sono in buone mani. Devo sapere che lei si occuperà di loro.»

«Io vorrei tanto… lo vorrei più di ogni altra cosa, ma…» Per quanto mi vergogni a piangere davanti a un'estranea non riesco a trattenermi. Piango e mi asciugo gli occhi, mentre le lacrime mi scorrono sul viso. Nonostante Rita mi abbia donato qualche speranza, mi sento fragile, disperata. E comprendo quanto sia devastante parlarmi così, aprirmi il cuore. In fondo io per lei sono solo un'estranea che rischia di stravolgere la vita di due persone che ama profondamente. «James non ne vuole sapere di me, io non sono degna di lui. Io non lo merito.»

«James la ama, Alexandra. È davvero cambiato in questi giorni, si è trasformato in un uomo entusiasta, felice. Io me ne sono accorta, sono quattro anni che assisto alla sua disperazione, al suo tormento.» Abbassa il viso per un istante, poi torna a guardarmi. «Non è stata colpa sua se Grace è morta, anche se lui si ritiene responsabile. È stato un incidente... un terribile incidente. Grace era la persona più vivace, determinata e testarda che io abbia mai conosciuto. Voleva sempre scoprire, sperimentare, se si metteva in testa una cosa non c'era modo di dissuaderla. L'appassionata di sport estremi era lei, James l'assecondava per renderla felice. Cassie aveva da poco compiuto un anno, Grace mi aveva promesso di smetterla dopo aver avuto la bambina. Non era giusto continuare a rischiare così tanto. James credeva che quel percorso fosse abbastanza sicuro per loro. Sarebbe stato l'ultimo...»

«Mi dispiace tanto.»

Le accarezzo appena il braccio. Posso solo immaginare quanto possa costarle dire queste parole proprio a me. Sono innamorata del marito di sua figlia. Lei lo sa. E sua figlia non c'è più.

«Io sto per partire. Tornerò negli Stati Uniti per trascorrere il Natale con l'altra mia figlia e la sua famiglia. Lei parli con James. Sia sincera con lui. Non sarà facile per me vederlo con un'altra donna, ma... so che Grace non avrebbe mai voluto che l'uomo che amava trascorresse il resto della sua vita nella solitudine e nella disperazione. E io so che lei è l'unica donna al mondo che potrebbe cambiare questa situazione. Qualunque sia stato il vostro passato, meritate entrambi una seconda occasione.»

Rita si morde le labbra per trattenere il pianto. È una donna forte, risoluta. Infatti non cede alle lacrime.

«Le prometto che, se James mi vorrà al suo fianco, io ci sarò sempre per lui e per Cassie.» Il problema fondamentale, di cui forse Rita non si rende conto, è che James non mi vuole. «Però se lui non mi vuole... io potrò sempre esserci, ma solo come amica.»

Non aggiungo altro, non ci riesco. Le parole di James ieri sera mi sono sembrate fin troppo chiare. E anche la sua fermezza nell'allontanarmi. Lui mi ha respinta.

«Io sono certa che lei saprà fare la cosa giusta, Alexandra.» Rita annuisce avviandosi alla porta. «Mi ha fatto piacere averla conosciuta e spero di rivederla ancora, è una brava ragazza. E merita di essere felice.»

CAPITOLO 18

Non riesco a togliermi dalla testa le parole di Rita. Ma resta il fatto che James non mi vuole. E contro il suo rifiuto io non posso combattere, nemmeno con tutta la forza dell'amore che provo per lui. Rita crede che lui mi ami. Ne sembra davvero convinta. E forse ha fin troppa fiducia in me. Lui ha salvato la mia azienda sia dal fallimento sia dalla costrizione a vendere per poi essere completamente assorbita da una catena di negozi di giocattoli che punta soprattutto sulla produzione di massa. Ha compromesso il suo lavoro e la sua carriera per aiutarmi. Ha contattato Michelle Wilsen, è riuscito a ottenere un accordo vantaggioso per me. Questo dimostra che James è rimasto buono nell'animo e sensibile, come lo era da ragazzino. Non che è innamorato di me.

Quando ho tentato di baciarlo mi ha respinta. Indipendentemente da quello che provava per me tanti anni fa, io ora non posso forzarlo, non posso costringerlo ad amarmi. I sentimenti possono cambiare, nel tempo. Io stessa ne sono la prova.

Subito dopo la visita di Rita a casa mia, mi sono preparata cercando di rendermi presentabile e mi sono diretta in negozio. Tenermi impegnata mi farà bene.

Dovrò sistemare le mie bambole in modo da trovare abbastanza spazio per gli orsetti di Michelle. Mi sono già fatta un'idea di come allestirò le vetrine, il risultato dovrebbe essere carino e attirare l'attenzione. Probabilmente dopo le feste andrò a trovare Michelle e discuteremo anche della sua idea di aprire un negozio nello Yorkshire. E poi magari un altro ancora e un altro ancora. La nostra qualità resterà intatta, saremo riconoscibili e avremo diffusione in tutto il paese. Sto già pensando in grande, forse troppo. E tutto questo grazie a James.

Come posso accettare di perderlo dopo aver trascorso questi giorni insieme a lui? Mi guardo intorno, che silenzio qui dentro! Non sarà mai più lo stesso senza la vocina allegra di Cassie, senza più vederla saltellare intorno e sentirla ridere. Mi porto una mano alla gola, mi sento soffocare. Improvvisamente tutto questo mi sembra inutile e vuoto senza di loro. Eppure è sempre stato così, prima del loro arrivo. Ma io non me ne sono mai accorta. Forse perché prima non conoscevo la differenza.

Sento tintinnare il campanello natalizio che annuncia l'apertura della porta e mi volto. È Marcel. Mi sembra strano vederlo in negozio, di solito non si muove mai dall'azienda. O quasi. Viene verso di me con in mano la mia Sandy. No, un attimo! La mia Sandy è qui, sul ripiano alle mie spalle. Allora…

«È pronta.»

Mi porge la bambola senza aggiungere altro. Dopo la discussione con James, avevo dimenticato di dirgli di lasciar perdere.

La prendo e annuisco. È uguale alla mia Sandy, perfettamente identica. L'unica differenza è che si vede che è nuova.

«Hai fatto in tempo Marcel, grazie. È davvero molto bella.»

In tempo per cosa non lo so più. Non è colpa di Marcel, lui ha mantenuto la sua promessa di crearla prima di Natale. Ma a questo punto nulla ha più importanza. Né questa nuova bambolina creata apposta per la piccola Cassie né la mia Sandy. Per quanto preziosi sono solo oggetti di cui potrei anche fare a meno. Sandy avrebbe sempre lo stesso significato per me anche se la regalassi a Cassie.

«Perché non vai a portarla alla bambina, Sandy?» Leah si avvicina a me e a Marcel. Io resto ferma con lo sguardo fisso sulla nuova bambola. Chissà come potrò chiamarla? Cassie. Sì, Cassie. Senza alcun dubbio.

«Non… non vorrei disturbare… e poi magari a Cassie non importa più, ormai…»

Stanno per partire. James aveva detto questa sera. Io non ce la faccio a vederli per l'ultima volta e a lasciarli andare. Non ci riesco. E non voglio mostrarmi così patetica di fronte a lui. Non voglio ispirargli compassione. E anche Cassie si dimenticherà di me, ben presto. Di me, di questo posto che suo padre ha contribuito a salvare, della mia bambola di Natale.

«Perché mai dovresti disturbare?» Leah mi si mette proprio di fronte, cercando di guardarmi in faccia. «Non essere sciocca, vai da loro Sandy!»

Sospiro, scuoto la testa e cerco di impegnarmi in altro. Sistemo il bancone, sfoglio il quadernetto delle vendite accanto alla cassa, ma mi tremano le mani. Mi si velano gli occhi di lacrime, non riesco a vedere più nulla e le righe e le cifre si appannano e poi si confondono.

«Stanno per partire…» bisbiglio tra me. «È la cosa giusta, lui ha detto.»

Con la coda dell'occhio mi accorgo che anche Adele, Kate e George si stanno gradualmente avvicinando. Ma perché mi stanno tutti addosso? Cosa vogliono da me? Mi sembra di essere diventata la nuova attrazione del negozio.

«Sandy…» Leah sbuffa contrariata. Io mi sento sotto pressione. «No, la cosa giusta è parlargli, ma devi farlo subito, adesso!»

«Non so nemmeno dove abitano.» Mi stringo nelle spalle. Mi sento ridicola, oltre che patetica.

«Al numero 8 sulla mia stessa strada, lo troverai molto facilmente. È la vecchia casa dei genitori di James.» Leah non cede, vuole proprio vedermi distrutta?

«Io non ho…» Non so più cosa dire. Sollevo il viso e li guardo. «Va tutto bene ora. L'azienda è salva, il negozio è salvo. Grazie a lui. Ma non posso obbligarlo a restare.»

«Ma tu non sei salva. Proprio per niente, ragazza mia!» Interviene anche Adele. Grandioso, ora mi stanno davvero tutti intorno, a pochi passi da me. «Cosa importa se l'azienda e il negozio sono salvi, se tu sei distrutta?»

«Non fare l'orgogliosa, Alex. Lo abbiamo capito tutti…» Anche George ci si mette adesso?

«Solo tu puoi convincerlo a restare. Noi non vogliamo che partano, vero?» Kate passa in rassegna tutti gli altri, uno dopo l'altro. Che annuiscono e confermano le sue parole, ovviamente.

«Io non posso convincerlo proprio a fare nulla! Lui non…»

Lui non vuole. Lui è stato chiaro. Ha espresso chiaramente la sua opinione in proposito. E io l'ho capita la differenza abissale tra me e Grace. Lei c'è sempre stata, lo ha incoraggiato, lo ha sostenuto. Gli ha permesso di diventare l'uomo che è oggi. Io invece mi sono presa gioco dei suoi sentimenti, ho contribuito a distruggere la sua fiducia in se stesso. L'ho deriso, l'ho umiliato. Non posso più pretendere nulla, da lui.

Non ce la faccio più. Prendo la mia Sandy e la nuova Sandy, anzi la nuova Cassie come ho deciso di chiamarla, e mi ritiro nel minuscolo ufficio sul retro. Chiudo la porta e mi rifugio nell'unico angolino libero lasciandomi scivolare a terra con la schiena appoggiata alla parete.

Un po' di pace. Ho solo bisogno di un po' di pace. Mi passerà prima o poi, è solo questione di tempo. Ma devono smettere di starmi addosso, di assillarmi. Loro non possono capire, o forse non vogliono.

Chiudo gli occhi ma sento la porta aprirsi e poi richiudersi.

«Non hai più molto tempo, Alexandra. Vuoi davvero lasciarli partire?» Marcel, a quanto pare, ha proprio deciso di non darmi tregua e dopo essere entrato mi segue nel mio angolino. Ma perché? Da quando lo conosco è un uomo discreto, non è mai stato così insistente. I suoi occhi scuri invece ora mi inchiodano e non riesco a distogliere lo sguardo. «Vuoi davvero rimpiangerlo per il resto della tua vita?»

«Io ho… ho due bambole Sandy ora. L'azienda è salva, anzi si amplierà e sono certa che avrà uno strepitoso successo! Come vedi, Marcel, va tutto bene!»

«Certo. Hai due bambole Sandy, l'azienda salva e il cuore a pezzi.» Incrocia le braccia e continua a restare in piedi, di fronte a me. «Se per te va bene così…»

«Già…» Piego le gambe e appoggio la fronte alle ginocchia. «In confronto stavo meglio prima, che strana la vita! E pensare che mi lamentavo sempre e non sapevo come fare… Ora invece è tutto risolto!»

«Di che cosa hai paura esattamente, Alexandra?» Marcel si china e infine si ritrova seduto, proprio di fronte a me.

«Mmh… io non ho…» Sollevo il viso e lo guardo. Inutile negare. Ha ragione lui. «Come potrebbe andare bene? Marcel… tra i miei genitori… mio padre se n'è andato quando io ero piccola… E poi, tra me e Bryan, il mio ex marito… un disastro, un disastro totale! Come potrebbe andare bene tra me e James? E comunque lui non mi vuole, pensa ancora a sua moglie e io… io non sono degna di stare con lui. Tu non lo sai ma io da ragazzina l'ho trattato in modo orribile, ha ragione a non volermi! Non può aver dimenticato quello che gli ho fatto, anche se adesso io…»

«Perché non vai a dirle a lui queste cose? Perché non gli esprimi chiaramente i tuoi sentimenti e ascolti quello che lui ha da dirti?»

Il ragionamento di Marcel non fa una piega. Ma io non posso, lui mi ha respinta quando ho provato a baciarlo. Non mi ha nemmeno permesso di parlare, di cercare di spiegarmi.

«Io ho tentato, ma… è inutile, ormai.»

«Tenta di nuovo, Alexandra. E cerca di essere chiara, questa volta.» Facile a dirsi. Marcel non conosce il mio trascorso con James.

«Io non sono mai stata buona con lui, Marcel. Penserebbe che lo sto ingannando di nuovo. Non può aver dimenticato quello che gli ho fatto, quanto sono stata cattiva con lui…»

«Sei sicura che sia lui il problema? O sei piuttosto tu a non aver dimenticato e a non riuscire a perdonare te stessa?» Su questo ha ragione. Io non potrò mai dimenticare. «Magari lui apprezza la donna che sei diventata ora, Alexandra. E dovresti iniziare a farlo anche tu.»

«È tutto troppo complicato.»

La donna che sono diventata ora? E chi sono in fondo? Ancora una persona egoista e viziata, che pensa principalmente a se stessa.

«L'unica complicazione che vedo qui…» Marcel sospira, scuote la testa e poi si alza, restando comunque di fronte a me. «L'unica complicazione che vedo qui è la tua paura. Sei terrorizzata, Alexandra. Hai paura di ciò che provi, talmente tanta da non riuscire nemmeno ad esprimerti. Ed è la tua paura che ti ferirà, ogni giorno di più. Fino a quando sarà troppo tardi.»

«Marcel…» Sollevo il viso verso di lui, mi manca quasi il respiro. Ho bisogno di conforto, di comprensione in questo momento. «Forse hai ragione, io ho paura, ma… se io fossi davvero una persona cattiva? Se facessi ancora del male a James? E anche a Cassie? Se non meritassi un uomo come James, accanto?»

«Per quel che ne so io le persone davvero cattive se ne fregano, non si preoccupano affatto di poter ferire qualcuno. Prendono quello che vogliono quando lo vogliono. Da quel che posso vedere non mi sembra il tuo caso. Tu ti stai distruggendo, Alexandra. Per salvare qualcuno che non ha bisogno di essere salvato da te, perché tu non gli farai alcun male ora.»

Marcel allunga la mano verso di me e sfiora delicatamente i miei capelli con le dita. È un uomo buono. E ha amato mia madre. È stata fortunata ad averlo accanto per tanti anni. Sono certa che anche lei lo amava.

«Hai ragione, Marcel. Ma io ho paura. È vero, anche su questo hai ragione. Sono stata abbandonata e tradita... da mio padre, da mio marito... E negli anni sono stata bravissima ad attirare uomini così. Proprio come Bryan. Perché dopo di lui c'è stato un susseguirsi di altri Bryan, nella mia vita. Come in un circolo vizioso senza fine. Egocentrici, manipolatori, scaltri... tutti pronti a usarmi, ad approfittarsi di me. Tutti pronti a tradirmi, a ingannarmi.»

Marcel sembra aver perso la voglia di continuare a discutere con me. Si avvia verso la porta che conduce al negozio, in silenzio. La apre, ma poco prima di uscire e richiuderla si volta ancora verso di me.

«Non tutti gli uomini tradiscono, Alexandra. Molti, forse. Ma non tutti.»

Non tutti gli uomini tradiscono. James. Mi avrebbe tradita lui se fosse stato al posto di Bryan? Mi avrebbe lasciata così sola, così disperata? Così umiliata? Facendomi sentire persa, inadeguata, inutile. Senza sostegno, senza amore. Convinta di non valere nulla.

James. Non ha nemmeno denunciato il male che gli abbiamo fatto al liceo. Poteva farci smettere. Poteva fare in modo che ricevessimo la lezione che meritavamo, che la nostra crudeltà venisse punita. Invece è rimasto in silenzio, a subire le nostre angherie, giorno dopo giorno.

James. "Perché c'eri tu. Ci saresti andata di mezzo anche tu. Non potevo."

Le sue parole in macchina, solo qualche sera fa. James non mi ha tradita nemmeno quando avrebbe avuto tutte le ragioni per farlo. Nemmeno per salvare se stesso, per difendersi. Piuttosto ha continuato a soffrire. Non mi ha mai fatto del male.

Com'è riuscito a vedere in me qualcosa di buono? Qualcosa che valesse la pena proteggere, salvare. Anche allora, quando non c'era niente in me. Proprio niente.

Poteva vendicarsi ora, a distanza di anni, ma non l'ha fatto. Ha salvato la mia azienda, la mia reputazione, la mia vita. In cambio si è preso il mio cuore, ma senza mai pretendere niente.

James. Non te ne andare, James. Mi alzo di scatto e afferro le due bambole. Non te ne andare senza avermi ascoltato, almeno per l'ultima volta. Esco dall'ufficio e mi precipito fuori dal negozio senza dare spiegazioni a nessuno. Non c'è altro tempo da perdere. Ora tocca a me. Anche se sono ancora una vigliacca. Anche se ho ancora paura. Tanta. Troppa. Una paura tremenda. Ma non lascerò che l'amore e la vita mi sfuggano dalle mani senza lottare.

CAPITOLO 19

La stessa strada di Leah. È vicino. Impiegherò solo pochi minuti a raggiungerla. Però io non credo di farcela. Io ho paura, una paura terribile. Ma devo combatterla e vincerla. James. Non andare via.

Trovo la casa, la raggiungo a piedi. Leah aveva ragione, non è stato difficile. Mi sento distrutta per la corsa e l'angoscia. È una bella villa in stile quasi vittoriano, con un ampio giardino. La parte difficile arriva ora. Non so cosa fare. Dovrei semplicemente chiedergli di ripensarci, di non partire. Supplicarlo, se necessario.

Mi fermo davanti al cancello e sollevo la testa nel tentativo di sbirciare all'interno delle finestre del piano superiore. Sembra tutto buio, non riesco a vedere nulla, mi accorgo che le persiane sono chiuse. Il cuore prende a battermi sempre più forte, come se stesse esplodendomi nel petto.

Sono andati via. Non ho fatto in tempo. Sono già partiti. Mi aggrappo alla ringhiera del cancello e cerco di riprendere fiato. No, non ci voglio credere!

Cosa faccio adesso? Li ho persi per sempre. Non può finire così, io non voglio. Così, senza neanche una parola… E io sono qui, come un'idiota, con due bambole di Natale in braccio davanti a una casa deserta.

«Alex…»

Forse è solo una mia sensazione. Non è reale. Mi guardo intorno. La vocina di Cassie. Non proviene dalla casa e nemmeno dalla strada.

«Alex… sono qui!» Ora non è più solo la mia immaginazione, la sento davvero!

Riesco a vederla finalmente nel giardino della casa vicina, oltrepassa la siepe scavalcandola, attraversa il suo giardino e mi corre incontro.

«Cassie…» Mi accorgo solo ora che il cancello della casa è aperto, entro e mi chino per prenderla tra le braccia. «Siete ancora qui, Cassie. Non siete partiti!»

Scuote la testolina lasciando ondeggiare i ricci sulle spalle. Indossa un cappottino bianco. È deliziosa, sembra un angioletto.

«Però dobbiamo davvero andare via, ma io non voglio. Anzi, ho deciso che forse scappo. Papà non mi ha lasciata nemmeno venire al negozio oggi. Perché, Alex?»

Mi stacco un attimo da lei e le accarezzo il visino. Ecco, appunto… perché? Troppo difficile da spiegare a una bimba così piccola.

«Tesoro… tu devi fare quello che dice papà…»

Alle mie parole le sue labbra assumono una piega all'ingiù, triste, scontenta. E ha ragione, non piacciono nemmeno a me.

«Io non voglio andare via…» Tira su col naso e fa un sospirone. «Perché non possiamo stare qui? Perché papà non mi ascolta?»

«Perché…»

È quello che mi sto chiedendo anche io. Perché? Vorrei tanto essere in grado di darle una risposta. "Perché tuo padre è maledettamente testardo" non mi sembra adeguata, però.

Cassie, nel frattempo, si accorge delle due bambole che chinandomi ho appoggiato sulle ginocchia. Sorride e le osserva, poi torna a guardarmi.

«Ne hai due adesso?»

«Sì, Cassie. Una è per te, eccola…»

Le porgo la nuova Sandy, fatta da Marcel apposta per lei. Lei la scruta attentamente.

«È proprio uguale, ugualissima alla tua…» Sorride e la stringe. «Che bella!»

Ed è molto somigliante anche a lei, sembra che Marcel in questa sua nuova versione di Sandy sia riuscito ad afferrare l'espressione vivace di Cassie che nella mia Sandy originale invece manca.

«Puoi avere anche la mia, se vuoi. Sono tutte e due per te. Così magari ti ricorderai di me… di noi.»

Le porgo anche la mia Sandy. Cassie inclina il viso e corruccia leggermente la fronte. Il suo visino assume un'espressione deliziosa. Sembra pensierosa, come se fosse tentata ma meditasse su una risposta.

«No, grazie Alex.» Alla fine scuote la testa decisa. «Papà mi ha detto che quella te l'ha regalata la tua mamma, perciò è la tua bambola di Natale. Devi tenerla tu, io non posso averla. Io voglio questa che mi hai dato tu!»

Sospiro e annuisco. Cassie aveva solo un anno quando sua madre è morta. Probabilmente non conserva alcun ricordo di lei. Ma io... Io non posso sostituirmi a lei. Ora comprendo i timori di Rita.

«La tua bambolina... l'ha fatta Marcel, non io.»

«Però me l'hai data tu. Mmh... Marcel è bravo, ma io non lo vorrei proprio come mamma.» Ridacchia e scuote ancora la testa. Poi diventa improvvisamente seria e sbuffa. «Anche la zia Susan in America è brava, ma non mi va. Ha già i miei cugini, lei. Io invece vorrei...»

«Mmh...» annuisco e abbasso lo sguardo, fingo di sistemare i capelli della mia Sandy. Non voglio farmi vedere piangere da lei. Cerco di cacciare indietro le lacrime più in fretta possibile. «Dove... dov'è il tuo papà, Cassie?»

«È andato a finire di lavorare da qualche parte. Non so dove. La nonna è già partita, questa mattina presto. Papà mi ha lasciata a giocare da Jennie e Luke per un pochino, ha detto.» Indica con il braccio il giardino dei vicini. Vedo due bambini, all'incirca dell'età di Cassie, che stanno appendendo decorazioni su un albero. «Se nevica tanto vogliamo fare il pupazzo anche. Poi faremo la cioccolata calda. E Jennie vuole fare le fotografie con me perché dice che io devo andare via. Ma io non voglio andare via… quindi mi devo nascondere.»

«Io devo…»

Ovunque sia andato James, tornerà qui a prendere Cassie. Rita invece probabilmente è partita subito dopo essere passata da me.

«Dillo tu a papà che io non voglio andare via…» Con un braccio Cassie stringe la sua nuova bambola, mi appoggia l'altra manina sulla testa. Vedo due lacrimoni pronti a sgorgare dai suoi occhioni azzurri e le accarezzo il visino. «Non mi vuole ascoltare! Anche la nonna gliel'ha detto che noi dobbiamo restare qui, li ho sentiti che… che scambiavano opinioni, questa mattina hanno discusso ancora… ma nemmeno lei vuole ascoltare! Puoi provare tu?»

«Farò del mio meglio, Cassie. Te lo prometto, piccola.»

A costo di aspettarlo qui sul cancello di casa sua per il resto della giornata. James dovrà ascoltarmi. Poi prenderà la sua decisione, ma prima dovrà ascoltarmi.

«Posso andare da Jennie e Luke a far vedere la mia bambola?» Cassie torna a stringere la seconda Sandy tra le braccia. «Come si chiama?»

«Io l'ho chiamata Cassie, ma tu puoi darle il nome che preferisci, tesoro.»

Sorride e le bacio la guancia. Lei ride entusiasta e corre via, verso il giardino dei vicini.

Mi rialzo e rimango sola davanti alla casa di James. Allora era qui che viveva anche prima. Non ci avevo mai badato o forse l'avevo dimenticato. Leah ha detto che era la casa dei suoi genitori. Rivedo James da ragazzino, i tempi della scuola. Poi il trasferimento di suo padre, nel corso della pausa estiva. Ricordo che aveva ottenuto un lavoro in America. Ma che importava a me. Io e la mia stupida banda di amici avevamo perso solo una vittima da tormentare. Però è stato un bene per James allontanarsi da qui. Da noi.

Immersa nei miei pensieri tra passato e presente non mi accorgo di quanto tempo sia trascorso. Riesco a percepire le vocine allegre di Cassie e degli altri bambini. Io sono rimasta ferma sul vialetto, sento freddo e mi massaggio le braccia. Non tanto per la temperatura esterna. Sento un grande gelo nell'anima. Il timore della perdita, della solitudine. Non mi era mai accaduto prima, non così. Perché prima non aveva importanza, stavo bene. Ma come riuscirò ad affrontare la perdita di qualcuno che amo così intensamente?

Voltata verso la casa e il giardino dei vicini non mi accorgo nemmeno della macchina appena parcheggiata davanti alla villa. Quando me ne rendo conto lui è già arrivato al cancello. Pochi passi ed è di fronte a me.

«Alexandra…» Solo la sua voce che pronuncia il mio nome mi dà un brivido. Dolce e terribile allo stesso tempo. I suoi occhi azzurri intanto sono su di me e mi percorrono ostili, quasi rabbiosi, soffermandosi poi sul mio viso. Sembrano un cielo in tempesta. «Cosa fai qui?»

«Io sono…» Mi sento in imbarazzo. Anzi, mi sento una bambina disubbidiente e ostinata. Quasi come Cassie quando non vuole ascoltare ragioni. Forse lui non mi voleva qui, davanti a casa sua. Forse lo sto solo importunando. Come faccio a parlargli, se mi guarda così? Come faccio a spiegargli tutto, ad aprirgli il mio cuore? «Io volevo solo…» Sollevo la bambola di Natale, come in mia difesa. In realtà è solo un appiglio. «Io ho portato una bambola per Cassie, uguale alla mia. L'ha fatta Marcel, per lei… una nuova bambola di Natale, tutta sua. So che non avresti voluto, però…»

«Grazie.» Si sofferma per qualche istante sulla bambola, poi torna a guardarmi negli occhi, serio e compito. Non riesco a staccare lo sguardo dal suo viso, dai suoi occhi azzurri che forse sto guardando per l'ultima volta e non vedrò mai più. «Sei stata davvero

151

gentile. Io devo… sistemare le ultime cose qui prima di…»

«Mmh… certo, capisco.» Mi manca il fiato, non riesco nemmeno a parlare. No, no che non mi vuole. Si sono sbagliati tutti. Non mi fisserebbe con tanta freddezza, con tanto distacco. «Allora io vado… Ti lascio sistemare…»

Non posso forzarlo a restare se lui non vuole. Non posso. Mi dispiace, piccola Cassie. Sospiro e mi mordo le labbra.

«Certo…» annuisce e muove un passo in direzione della casa.

«Ti auguro… un buon Natale, James… e…» Non riesco più a guardarlo, lo oltrepasso e mi avvio al cancello quasi di corsa «…di essere felice, in America.»

«Grazie… Buon Natale anche a te…»

Mi giunge ancora la sua voce alle spalle. Sento i suoi passi muoversi verso la casa. Io afferro il cancello con l'intenzione di aprirlo per uscire e correre via.

James. Non ce la faccio. Mi sento fremere da capo a piedi. Vedo le mie mani tremare, una aggrappata al cancello, l'altra che regge in mano la mia Sandy. La guardo. Sta piangendo anche lei? No, è solo la neve. Non mi ero nemmeno accorta che piccoli fiocchi candidi avevano ripreso a cadere su di noi. E ora sul visino della mia bambola di Natale danno l'effetto di lacrimoni che le colano dagli occhi attraversandole le guance.

«James!» Pronuncio il suo nome ad alta voce, quasi senza rendermene conto. Non sono io, non è la mia voce. È la mia anima che urla il suo nome ora. È la mia anima che non accetta di perderlo, di non averlo nella mia vita. «James…»

Mi volto verso di lui e lo vedo in piedi davanti all'ingresso di casa. Non è ancora rientrato. Mi sta guardando, immobile.

Solo qualche passo ci separa. Qualche passo che io mi decido a percorrere. E mi ritrovo tra le sue braccia, dove lui mi accoglie.

«James… non te ne andare… Io ti amo, James. Ti prego, non andare via…» Mi porto una mano sul petto, mi sembra che stia per scoppiare dalla disperazione. Non so trovare altre parole. Piango come una bambina. Piango per trattenere l'amore, la vita, la speranza. «Per cui ti prego, dammi una possibilità, solo una… Perché io… non voglio stare senza te e senza Cassie.»

Lui non parla. Non replica. Non dice nulla. E io non riesco a comprendere le sue intenzioni, a interpretare il suo sguardo. Poi mi prende il viso tra le mani. E mi bacia. Mi bacia impossessandosi totalmente delle mie labbra, del mio cuore. Mi cinge per la vita con forza, quasi con rabbia, continuando a baciarmi con crescente passione, con un impeto inaspettato che mi spezza il fiato. Ricambio il bacio cingendogli il collo con le braccia, mentre la bambola di Natale rimane come sospesa tra i nostri corpi agganciati nell'abbraccio.

«Ti amo… io mi sono innamorata di te, James.» Gli ripeto, appena riprendo fiato, accarezzandogli il viso con le dita.

«Io no.» Si morde le labbra e mi fissa serio negli occhi. «Io non mi sono innamorato di te. Per me non è cambiato nulla. Io ti ho sempre amata. Non sei mai andata via dal mio cuore, Sandy Riley. L'ho capito appena ti ho rivista. Ogni attimo trascorso insieme ero più legato a te, alla donna meravigliosa che sei diventata… tanto da avere paura per me stesso e anche per Cassie. Non potevo coinvolgere anche lei. Per questo sono stato costretto a respingerti, a ignorarti. Sperando che quello che sento per te sparisse, prima o poi. E ho davvero provato di tutto in questi ultimi due giorni per allontanarmi, per non pensarti più… Per non volerti più. Ma non ci sono riuscito, non ci riesco…»

Le sue parole vengono interrotte da qualcosa che urta contro di noi. Anzi, qualcuno. Cassie che si aggrappa a noi e solleva il viso in attesa di attenzione.

«Allora non andiamo più via, papà?» Lancia un'occhiata interrogativa e speranzosa a James. «Alex è stata brava a convincerti?»

James si china per prenderla in braccio.

«Non andiamo più via, Cassie. Restiamo qui. Alex è stata decisamente molto brava.»

«Sempre sempre sempre?» Lo scruta ancora un po' scettica. E guarda anche me, per avere conferma.

«Magari andiamo a trovare i nonni in Francia e la nonna e la zia in America, ogni tanto.» James sorride e le bacia la fronte. «Va bene così? Sei contenta?»

«Mmh... Ma viene anche Alex con noi quando andiamo?» Cassie sospira, non ancora del tutto convinta. «E portiamo anche le bambole di Natale in viaggio con noi, anche Sandy e Cassie? Me lo prometti?»

«Se Alex vuole...» James mi accarezza dolcemente il viso e io annuisco. «Sì, io te lo prometto, Cassie.»

Raggiunto il suo scopo e soddisfatta delle risposte ottenute, Cassie si divincola dalle braccia di James per scendere a terra.

«Vado a dire a Jennie che non vado più via...» Corre felice verso il giardino dei vicini. «E lo dico anche a Luke così possiamo fidanzarci!»

«Ma...» James la osserva perplesso finché la piccola oltrepassa la siepe e raggiunge i suoi amichetti. Poi si volta a guardare me. «Ha detto davvero... quello che ho sentito?»

«Temo di sì, amore mio...» rido e appoggio la testa sulla sua spalla. «L'ha proprio detto. Ho sentito anch'io.»

«Ma... io devo già iniziare a preoccuparmi di queste cose allora?» sospira e mi accarezza la schiena con le mani, attirandomi a sé e cingendomi la vita. «Non è un po' presto? Come farò? Io non sarò in grado!»

«Invece sì, ce la farai. Ti aiuterò io, stai tranquillo.» Sollevo il viso e mi accorgo che anche lui ha gli occhi lucidi. Lo bacio sulle labbra. Non ne avrò mai abbastanza dei suoi baci, da ora in poi. «Tu devi solo restare e permettermi di amarti, James.»

CAPITOLO 20

Non immaginavo che si potesse essere più felici di così. Questa ultima giornata con James e Cassie la custodirò per sempre nel cuore come una delle più belle della mia vita. Cassie non riusciva più a trattenere l'entusiasmo. E quando ha iniziato a nevicare un po' più forte ha deciso che anche io e James avremmo dovuto contribuire alla costruzione del pupazzo di neve nel giardino dei vicini. L'abbiamo accontentata naturalmente.

La sera l'abbiamo messa a letto insieme. Le ho appoggiato entrambe le bambole sul fianco del lettino, vicine alla parete. Ha voluto che restassimo entrambi finché si è addormentata. Ha fatto promettere a James, ancora una volta, che non se ne sarebbero andati. E ha chiesto a me di andare a vivere con loro, di restare sempre nella loro casa.

Forse una richiesta del genere avrebbe dovuto farmela James per primo. Non ne ha avuto il tempo, ma si è mostrato subito d'accordo. Ha detto che andremo a prendere le mie cose al più presto, se per me va bene. Ho trascorso il resto della serata e della notte tra le sue braccia. Mi ha stretta forte e abbiamo continuato a parlare, a spiegarci, a raccontarci dettagli delle nostre vite. Ha curato le mie ferite e io spero, un giorno, di riuscire a guarire il suo dolore.

Sì, insieme a lui posso dire di sentirmi a casa. E di essere finalmente innamorata e felice, come non lo sono mai stata in vita mia.

Ho lasciato che Leah, Marcel e gli altri organizzassero gli ultimi dettagli della festa della Vigilia di Natale in azienda. Con il grande albero illuminato all'ingresso e i regali tutti intorno. Io ero troppo stordita e stravolta dagli eventi per pensarci. Troppa felicità può dare un po' alla testa e io non ne ero abituata.

George quest'anno ha progettato anche una sorta di karaoke. Lui e Kate non smettono di cantare canzoni natalizie e ho notato un certo feeling. Dev'essere successo qualcosa tra quei due mentre io ero presa dalla disperazione per la mia travagliata vita privata e professionale. E Cassie ha improvvisamente deciso che da grande farà la cantante oltre che la creatrice di bambole. Però è sicura che non farà mai quella roba noiosa di papà con tutti i numeri.

«Tua madre sarebbe orgogliosa di te, Alexandra.» Leah mi affianca e mi circonda la vita con un braccio. «Sei riuscita a fare grandi cose di questa azienda e lo farai anche con la tua vita, ora.»

«Lo credi davvero?» sospiro e piego la testa fino ad appoggiarla sulla sua spalla. «Io mi sto ancora chiedendo se sarò all'altezza di prendermi davvero cura di lei...» indico Cassie con lo sguardo. «E di tutto il resto anche. Io non sono sua madre. È così piccola, così innocente...»

«A quanto pare lei ti ha scelta invece. È piccola e innocente ma sa bene cosa vuole, chi vuole avere accanto. E anche James ti ha scelta. Ma lasciamelo dire, mia cara... quella bimba è stata molto più intelligente e sensata di voi due messi insieme. Non si è fatta troppe domande, lei... ha visto la felicità e l'ha afferrata.» Leah sorride guardando Cassie che ora improvvisa passi di danza con i due bambini dei vicini di casa. «Lei non ha timore a chiedere ciò di cui ha bisogno e che la rende felice. Ha voluto la tua bambola di Natale? L'ha avuta. Ne ha avute due, anzi. E vuole suo padre insieme a te. Credo che si sia accorta che è la cosa giusta prima ancora di tutti gli altri e di sicuro prima di voi due testardi!»

«Già... Io invece avrei trascorso il resto della mia vita a rimpiangere l'unico uomo davvero in grado di rendermi felice.»

Mi guardo intorno. È bello essere qui questa sera. Questa Vigilia di Natale è magica, più di ogni altra che l'ha preceduta. Leah, Marcel, Adele, Kate, George, la maggior parte dei miei dipendenti. C'è anche la famiglia dei vicini di casa di James. Cassie ha voluto invitare i suoi amichetti ed è stata particolarmente convincente anche in questa occasione.

Guardo ansiosamente verso la porta dell'ingresso. James è riuscito a prenotare un volo all'ultimo minuto per i suoi genitori, in modo che fossero qui per la Vigilia di Natale. Il cambio di programma ha sconvolto i piani di tutti, ma hanno accettato subito di partire per l'Inghilterra per stare con noi. Dovrebbero arrivare da un momento all'altro dall'aeroporto dove è andato a prenderli.

Mi sento un po' nervosa. Anzi, decisamente tesa e preoccupata. Spero che non rivedano in me quella stronza che ha rovinato l'adolescenza del loro figlio. Dovrò impegnarmi perché cambino opinione su di me e mi concedano una possibilità.

Cassie ci raggiunge e mi prende per mano trascinandomi verso l'albero. Su un ripiano ha sistemato le nostre bambole di Natale.

«Da grande io voglio diventare proprio uguale a te, come le nostre due bambole.»

«Tesoro… dovresti aspirare a qualcosa di meglio, lo sai?» Non so mai cosa aspettarmi da lei. Ogni minuto se ne inventa una nuova. «Io non sono proprio un grande esempio da seguire.»

«Invece lo sei!» Sento le braccia di James circondarmi la vita mentre mi abbraccia da dietro. La sua voce e le sue parole mi riempiono di gioia, di speranza.

Lascio aderire la schiena al suo petto. Sono completamente in estasi ogni volta che mi tocca, che mi stringe. E non sono nemmeno tanto brava a nasconderlo. Mi giro e lo bacio sulle labbra con impeto.

Quando mi stacco da lui mi accorgo che i suoi genitori sono a pochi passi di distanza da noi. Stanno coccolando la nipotina che è corsa da loro, ma che però poi fugge via e decide di tornare a ballare con i suoi amichetti. Mi sento in imbarazzo, sorrido timidamente. Invece la madre di James si muove decisa verso di me e mi abbraccia con dolcezza. Subito dopo suo padre mi stringe la mano e mi accarezza la spalla. Sui loro volti non scorgo ostilità alcuna nei miei confronti. Per il momento la prova sembra superata. Sospiro di sollievo vedendoli allontanarsi per andare a salutare Leah, Marcel e Adele.

«Non mi dirai che hai avuto paura di quei due vecchietti!» ridacchia James stringendomi a sé e posando le labbra sulla mia tempia.

«In effetti stavo tremando…» sospiro e gli accarezzo il viso con le mani, soffermandomi con un dito sulla sua cicatrice. «Sono stata una grandissima stronza… però non hai idea di quanto la trovo attraente. Più di tutte le ragazze americane messe insieme, te lo garantisco!»

«Puoi chiamarmi ancora Jimmy Jumbo occasionalmente… credo che mi manchi!»

Mi solleva il viso con due dita e mi guarda negli occhi. Lo vedo ancora ogni tanto in lui e sono sopraffatta dalla tenerezza. Quel ragazzino timido e impacciato che mi scriveva lettere e poesie.

«Così ricorderei solo quanto sono stata sciocca vent'anni fa!» Gli accarezzo i fianchi con le mani. «E non credo sia ciò che vorrei. Ho in mente altro, per noi.»

«Perché ancora non conosci tutti i dettagli di quanto sono stato sciocco io! Non sei consapevole dei retroscena...» Inclina il viso e increspa le labbra. «Hai presente quella canzone di *Grease*... *Sandy*? Credo di aver consumato il cd a furia di ascoltarla, sempre quella, le altre non mi interessavano. Più di un cd, tanto ero pazzo di te. La ricordo ancora a memoria, tentavo anche di cantarla davanti allo specchio. Peccato che io non avessi nulla del protagonista maschile.»

«Non farti sentire da George e Kate o ti costringeranno a cantarla anche qui!» Assaporo le sue labbra, ancora una volta. «E per la cronaca... sei molto meglio di tutti i protagonisti maschili esistenti al mondo, Jimmy Jumbo.»

Socchiudo gli occhi e mi lascio andare. Alla sicurezza di stare tra le sue braccia, alla gioia di un Natale che non dimenticherò mai. Il Natale in cui io ho conquistato il mio amore, la mia felicità.

«Ti amo…» Non smetterò mai di ripeterglielo. Perché è vero. E perché lui merita di sentirselo dire. «Sono stata abbandonata, sono stata tradita… ma tu…»

«Non tutti gli uomini tradiscono, Alexandra.»

Inaspettatamente ricevo anche da lui le stesse parole che mi aveva rivolto Marcel quando mi ha convinta ad andarlo a cercare, a non rinunciare all'amore. A dirgli la verità e rivelargli i miei sentimenti. Gli credo. Gli credo con tutta me stessa, perché me lo ha già dimostrato tante volte. Anche a vent'anni di distanza. Gli credo e so che James non abuserà mai del mio amore per lui, non mi manipolerà e non userà i miei sentimenti contro di me.

«Lo so, James. Perché io ti amo come se nessuno mai mi avesse ferita prima.»

«Queste parole… Io le ho aspettate per più di vent'anni, Sandy. E chissà come io lo sapevo che sarebbero arrivate, prima o poi. Lo sapevo anche quando per te ero solo quel ragazzetto inutile di Jimmy Jumbo. Io nonostante tutto vedevo la luce nei tuoi occhi, vedevo la tua dolcezza, la purezza del tuo cuore. Vedevo il meglio di te, oltre a ciò che lasciavi trasparire. E forse ti amavo perché in qualche modo sapevo che un giorno ti avrei incontrata di nuovo e sarebbe arrivato il nostro momento.»

James. Il suo amore mi ridà la vita a ogni gesto, a ogni parola. Lui vedeva in me ciò che io nemmeno immaginavo esistesse. Un meglio di me ancora lontano, ancora in embrione. Ciò che forse non ero ancora ma sarei diventata. Insieme a lui.

Credo che abbia ragione. Non possiamo rinnegare il passato, le altre persone che hanno fatto parte della nostra esistenza e sono state importanti. Ma il destino ci ha riuniti e non possiamo rinunciare alla nostra opportunità di amarci e di essere felici. Stavamo per farlo. Se non fosse stato per i nostri amici e per la nostra piccola Cassie ci saremmo persi ancora, forse per sempre.

«Questo è il nostro Natale, James. Ce ne saranno altri, ma questo sarà per sempre speciale, amore mio.»

Proprio così. Il Natale in cui James Jenkins e sua figlia Cassie volevano portarmi via rispettivamente la mia azienda e la mia bambola di Natale e invece si sono presi il mio cuore, per sempre.

«Mi impegnerò perché il prossimo sia degno di entrare in competizione. È una promessa.» Mi afferra per la vita e mi bacia ancora. «Perché io ti amerò sempre così, Sandy Riley. E anche di più. Ogni giorno della mia vita.»

PLAYLIST

Come in out of the rain – Wendy Moten

RINGRAZIAMENTI

Sono particolarmente legata a questa storia. Fin dal principio, fin dalla prima stesura e pubblicazione. Per questo sono davvero felice di riproporla ancora, dopo tanti anni. Forse perché amo le seconde occasioni. Forse perché questa storia, dopo tanto tempo, mi ridona dolcezza e speranza.

Ringrazio, come sempre, le persone, i luoghi, le emozioni che influiscono sulla mia scrittura, sulle storie che decido di ricordare. I paesi e le città del mondo in cui ho vissuto e che mi hanno trasmesso il "senso del luogo" per me imprescindibile nella scrittura e nell'ambientazione di un romanzo.

Ringrazio tutti i libri che ho letto e che continuo a leggere, da sempre mi accompagnano e forniscono una base solida, preziosa e insostituibile alla mia scrittura.

Ringrazio la mia casa editrice, Ghostly Whisper Ltd., e i miei correttori di bozze, sempre tanto preziosi per me.

Ringrazio la mia famiglia per il sostegno costante e per l'incoraggiamento a non abbandonare mai la scrittura.

Ringrazio le persone che ho incontrato e i ricordi che hanno depositato in me come pezzi vividi e fulgenti della mia storia personale, della mia anima. Grazie per gli spunti che ho ricevuto da voi, alcuni dolorosi e amari, altri positivi, teneri, romantici. Grazie agli amici che in giro per il mondo si sono presi cura di me nel momento in cui le nostre vite si sono intrecciate. Grazie per esserci ancora e per continuare a ispirare la mia vita e le trame dei miei romanzi.

Ringrazio chi mi ha scritto lettere di carta che ancora conservo. A volte a distanza di tempo si riconosce l'importanza di persone, gesti, parole. E si comprende la differenza tra ciò che si può lasciar scivolare via e ciò che di prezioso si deve conservare e trattenere nel profondo del cuore, per sempre.

Infine, ringrazio voi lettori. Spero che abbiate gradito questa storia e che vi abbia regalato qualche emozione. E spero anche che ci sia un fondo di realtà, soprattutto. Perché il vero amore concede sempre una seconda occasione.

Barbara Morgan legge e scrive da sempre. Predilige urban fantasy, horror, distopici e fantascienza ma si avventura spesso in altri generi. Lavora nell'ambito della scrittura, dell'editoria e della moda. Laureata in lingue e letterature straniere, specializzata in letteratura inglese, letteratura americana e letterature comparate, ha vissuto tra Inghilterra, Francia, Italia, Svizzera e Stati Uniti, per poi trasferirsi in Irlanda, dove organizza eventi culturali e book club. Traduce dall'inglese, dal francese e dallo spagnolo. *Ghostly Whisper*, la Casa Editrice che ha fondato in Irlanda, è un po' la sua storia.

Website: https://www.barbara-morgan.com

Facebook: https://www.facebook.com/BarbaraMorganAuthor/

Instagram: https://www.instagram.com/barbaramorganbooks/

X: https://x.com/BabsiMorgan

Threads: https://www.threads.net/@barbaramorganbooks